S《エス》O《オー》S《エス》部《ぶ》！①

絶体絶命《ぜったいぜつめい》のシグナル

くるたつむぎ／作　朝日川日和《あさひかわひより》／絵

講談社 青い鳥文庫

Contents

おもな登《とう》場《じょう》人《じん》物《ぶつ》

Akari Sakurano

桜《さくら》乃《の》あかり

中《ちゅう》1。大《だい》ピンチにおちいっている人《ひと》や動物《どうぶつ》の姿《すがた》が「視《み》える」。その能力《のうりょく》のせいでつらい思《おも》いをしてから、友《とも》だちは作《つく》らないと決《き》めていたけれど……。

Chiaki Onodera

小《お》野《の》寺《でら》千《ち》秋《あき》

あかりのクラスメイト。
ノリがよくてスポーツが得意《とくい》。
救助隊員《きゅうじょたいいん》だった父《ちち》のように、
人助《ひとだす》けをしたいと思《おも》っている。

Syu Saotome

早《さ》乙《おと》女《め》 修《しゅう》

あかりのクラスメイト。
頭《あたま》が良《よ》くて、おだやかな性格《せいかく》。
早乙女《さおとめ》グループの御曹司《おんぞうし》。
情報《じょうほう》を集《あつ》める力《ちから》はバツグン。

プロローグ　秘《ひ》密《みつ》の能《のう》力《りょく》

わたし、桜乃《さくらの》あかりには、だれにも言《い》えない秘密《ひみつ》の力《ちから》がある。

それは、どこかでだれかが助《たす》けを求《もと》める姿《すがた》が、頭《あたま》の中《なか》に「視《み》えてしまう」ってこと。

どういうことかっていうと、だれかがピンチにおちいっている姿《すがた》がリアルタイムで映像《えいぞう》のように浮《う》かんでくるんだ。

こういうのを特殊能力《とくしゅのうりょく》っていうんだよね。

わたしはこれを「SOS《エスオーエス》」って呼《よ》んでいるんだ。

だけど、こんな能力《のうりょく》があっても、実際《じっさい》は1ミリも役《やく》に立《た》たないの。

役立《やくだ》つどころかそのせいでいじめられて仲間外《なかまはず》れにされたり……。大切《たいせつ》な親友《しんゆう》まで失《うしな》ってしまった――。

きっと、こんな能力《のうりょく》があって活躍《かつやく》できるのは、物語《ものがたり》や漫画《まんが》の中《なか》のヒーローだけなんだ——。

1 だれかが呼《よ》んでる！

春《はる》のキラキラした日差《ひざ》しが電車《でんしゃ》の窓《まど》からふりそそいでいる。

今日《きょう》から私立凛星学園中等部《しりつりんせいがくえんちゅうとうぶ》での毎日《まいにち》が始《はじ》まる。

家《いえ》から学校《がっこう》までは電車《でんしゃ》でゆられること10分《ぷん》。こんなにも天気《てんき》がよくて気持《きも》ちがいいはずの朝《あさ》なのに、ずーんと不安《ふあん》と緊張《きんちょう》がのしかかる。

学校《がっこう》のある駅《えき》におりたつと、ぶわあっとおでこにあせがにじんできた。

同《おな》じ制服《せいふく》を着《き》た生徒《せいと》たちが次々《つぎつぎ》にわたしを追《お》いこしていく。

わたしはポケットの中《なか》のおまもりをぎゅうっとにぎりしめた。

どうか、あの能力《のうりょく》が発動《はつどう》しませんように！

〝最後《さいご》に〟アレが発動《はつどう》したのは半年前《はんとしまえ》。
凜星学園《りんせいがくえん》のオープンスクールに参加《さんか》した日《ひ》のこと。
オープンスクールには2度目《どめ》の参加《さんか》だったから、ひとりで学校《がっこう》に向《む》かっていたんだ。
通学路《つうがくろ》の並木道《なみきみち》の角《かど》を曲《ま》がって、校舎《こうしゃ》に入《はい》ったとき。
ドクッ　ドクッ　ドクッ
ドクッ　ドクッ　ドクッ
とつぜん、わたしではないだれかの鼓動《こどう》が聞《き》こえてきた。
これが、SOS《エスオーエス》が視《み》える合図《あいず》。
その瞬間《しゅんかん》、だれかとリンクするみたいに頭《あたま》の中《なか》に光景《こうけい》が見《み》えてくる。

キャン　キャン　キャン！
キャン　キャン　キャン！

甲高《かんだか》い鳴《な》き声《ごえ》。
小学校低学年《しょうがっこうていがくねん》くらいの男《おとこ》の子《こ》たちが、子犬《こいぬ》を的《まと》にして遠《とお》くから石《いし》を投《な》げている。
わたあめみたいに、もこもこした茶色《ちゃいろ》い子犬《こいぬ》。
よちよち歩《ある》きでにげまわっている。
キャン　キャン　キャン！
キャン　キャン　キャン！
だれか助《たす》けて、って必死《ひっし》で鳴《な》いている！
場所《ばしょ》は、河川敷《かせんしき》。
川《かわ》の向《む》こう側《がわ》に凜星学園《りんせいがくえん》の校舎《こうしゃ》が見《み》える。
ここからすぐ近《ちか》くだ。
男《おとこ》の子《こ》たちは、いたぶるように子犬《こいぬ》をどんどん川《かわ》のほうに追《お》いつめていく。
このままじゃ川《かわ》に落《お》ちちゃうよ！
その瞬間《しゅんかん》。
スマホの電波状況《でんぱじょうきょう》が悪《わる》くなって動画《どうが》がカクカクみだれるみたいに、頭《あたま》の中《なか》の光景《こうけい》がとぎれとぎれになって消《き》えてしまった。
クラクラめまいがして、その場《ば》にしゃがみこんだ。
すぐに河川敷《かせんしき》に行《い》けば、子犬《こいぬ》を助《たす》けられるかもしれない。
必死《ひっし》に立《た》ち上《あ》がろうとするけれど、どうしても足《あし》に力《ちから》が入《はい》らない。
「おい、大丈夫《だいじょうぶ》か？」
頭上《ずじょう》から声《こえ》がふってきて、わたしは思《おも》わずさけんだ。
お願《ねが》いっ！　子犬《こいぬ》を助《たす》けてっ！！！

気《き》が付《つ》くと、わたしは保健室《ほけんしつ》のベッドにいた。
はっとして時計《とけい》を見《み》ると、午後《ごご》1時《じ》15分《ふん》。
聞《き》きたかった公開授業《こうかいじゅぎょう》は1時《じ》からだから、もうとっくにはじまっている。
保健室《ほけんしつ》の先生《せんせい》に言《い》われてしばらく待《ま》っていると、お母《かあ》さんがむかえにきてくれた。
わたしは子犬《こいぬ》のことが気《き》になって、お母《かあ》さんにたのんで帰《かえ》りに河川敷《かせんしき》によったんだ。

だけど、子犬《こいぬ》はどこにもいなかった。

河川敷《かせんしき》の土手《どて》にはミルクとタオルが入《はい》った段《だん》ボール箱《ばこ》だけが、ぽつんと残《のこ》っていた。

かわいそうに。捨《す》てられて、男《おとこ》の子《こ》たちにいじめられて。

あのあと、子犬《こいぬ》はどうなったんだろう……。

無力感《むりょくかん》とくやしさで涙《なみだ》があふれてきた。

すぐに河川敷《かせんしき》に向《む》かえば、助《たす》けられたかもしれないのに。

たとえ、どこかでだれかが助《たす》けを呼《よ》んでいても、わたしにはなにもできない。

SOS《エスオーエス》が視《み》えたあとは、めまいがしてフラフラしちゃったり、視《み》えた場所《ばしょ》がどこか特定《とくてい》できなかったり、助《たす》けようとして事態《じたい》がもっと悪《わる》い方向《ほうこう》に行《い》っちゃったり……。

いつもそうなの。

それなのに、どうしてこんな能力《のうりょく》があるのかな……。

2 友《とも》だちはいらない

あのとき同《おな》じように、通学路《つうがくろ》の角《かど》を曲《ま》がって校舎《こうしゃ》に入《はい》っても、能力《のうりょく》は発動《はつどう》しなかった。

半年前《はんとしまえ》に子犬《こいぬ》を視《み》て以来《いらい》、SOS《エスオーエス》は一度《いちど》も視《み》えていない。

だけど、ゆだんはできない。いつどこで始《はじ》まるかわからないから。

この能力《のうりょく》が発動《はつどう》するのにはいくつか条件《じょうけん》がある。

いま、わかっているのは、みっつ。

ひとつ　頭《あたま》の中《なか》で視《み》えることはリアルタイムで起《お》こっているってこと。

ふたつ　自分《じぶん》のいる場所《ばしょ》の近《ちか》くで起《お》こっているってこと。

みっつ　助《たす》けを求《もと》めている人《ひと》（動物《どうぶつ》も！）は、「絶体絶命《ぜったいぜつめい》の大《だい》ピンチ」におちいっているってこと。

だけど、視《み》てしまっても、どうすることもできない。

二度《にど》と、ＳＯＳ《エスオーエス》が発動《はつどう》しないこと、それだけがわたしの願《ねが》い。

頭《あたま》の中《なか》であれこれ考《かんが》えていると、教室《きょうしつ》に担任《たんにん》の鈴木吉典先生《すずきよしのりせんせい》が入《はい》ってきた。

30代《だい》くらいでブルーのシャツが似合《にあ》うやさしそうな先生《せんせい》。だけど、髪《かみ》に寝《ね》ぐせが付《つ》いていて、ちょっとたよりなさそうに見《み》える。社会《しゃかい》の先生《せんせい》なんだって。

「今《いま》からみんなで自己紹介《じこしょうかい》をするから。」と言《い》って、プリントを配《くば》り始《はじ》めた。

プリントには、好《す》きな食《た》べものや将来《しょうらい》なりたいものなどを書《か》く欄《らん》がある。

「それじゃあ、それぞれ自分《じぶん》のことをプリントに書《か》いてください。それをもとに自己紹介《じこしょうかい》をしてもらいます。」

クラスの半分《はんぶん》くらいの子《こ》たちはなれた様子《ようす》でわいわい話《はな》している。

凜星学園《りんせいがくえん》は小中一貫校《しょうちゅういっかんこう》だから、わたしのような外部《がいぶ》から受験《じゅけん》してきた子《こ》たちとはちがって、初等部《しょとうぶ》から持《も》ち上《あ》がりで進学《しんがく》した子《こ》たちはみんな顔《かお》なじみなんだ。

書《か》きこみを始《はじ》めると、なにかが床《ゆか》に転《ころ》がり落《お》ちた。

あっ、わたしのおまもりっ！

おまもりっていうのは、かわいい女《おんな》の子《こ》のミニキャラが描《えが》かれたアクリルキーホルダーのこと。ピンクの髪《かみ》に大《おお》きなリボン、ふわふわフリルがついたドレスを着《き》た女《おんな》の子《こ》。

「ふわもこぷりん」っていう歌《うた》い手《て》のグッズで、肌身離《はだみはな》さず持《も》っているんだ。

ふわもこぷりんを好《す》きになったきっかけは、去年《きょねん》のオープンスクールで子犬《こいぬ》のSOS《エスオーエス》を視《み》てしまったとき。

助《たす》けられなかったうしろめたさから、大好《だいす》きな動物《どうぶつ》にも心《こころ》を開《ひら》けなくなってしまって。人《ひと》だけじゃなくて動物《どうぶつ》にも能力《のうりょく》が発動《はつどう》するなんて、世界中《せかいじゅう》でひとりぼっちになった気分《きぶん》だった。

そんなとき、お気《き》に入《い》りの動画《どうが》サイトのおすすめに出《で》てきたのが「ふわもこぷりん」っていう歌《うた》い手《て》の「歌《うた》ってみた」動画《どうが》。

人気《にんき》アニメの主題歌《しゅだいか》を歌《うた》っていて。透明感《とうめいかん》があって心《こころ》にひびく歌声《うたごえ》に、真《ま》っ暗《くら》な闇《やみ》から救《すく》いだされたような気《き》がしたんだ。

それからは、受験勉強《じゅけんべんきょう》の合間《あいま》をぬってはふわもこぷりんの動画《どうが》を見《み》るようになった。

「歌《うた》ってみた」だけじゃなくて、たくさんのオリジナル曲《きょく》も出《だ》していて、どれも何百万回《なんびゃくまんかい》の再生回数《さいせいかいすう》がある。

顔出《かおだ》しはしていないから、世間《せけん》では「正体不明《しょうたいふめい》の歌姫《うたひめ》」って言《い》われてる。

ふわもこぷりんの世界《せかい》だけがわたしの居場所《いばしょ》なの。


キーホルダーは、となりのつくえの下《した》まで転《ころ》がっていってしまった。

となりの席《せき》はめがねをかけていて、小柄《こがら》でかわいらしい女《おんな》の子《こ》。三《み》つ編《あ》みにリボンの髪《かみ》かざりをしている。

女《おんな》の子《こ》はわたしの視線《しせん》に気《き》がついてキーホルダーをひろってくれた。

「ありがとう。」

わたしはお礼《れい》を言《い》った。

キーホルダーを受《う》けとるとき、指先《ゆびさき》がふれると女《おんな》の子《こ》の緊張《きんちょう》が伝《つた》わってきた。

これから自己紹介《じこしょうかい》だもん。ドキドキするよね。わたしも人前《ひとまえ》で話《はな》すのってすっごく苦手《にがて》だし、気持《きも》ちがわかるな。

「あのね、こういうときって、みんなをジャガイモだって思《おも》うと緊張《きんちょう》しないんだって。」

思《おも》わず言《い》ってしまった。

自分《じぶん》からはだれにも話《はな》しかけないって決《き》めていたのに。

女《おんな》の子《こ》ははずかしそうにうなずいて、ちょっと笑顔《えがお》になった。

胸《むね》がドキッとなる。

もしかして、友《とも》だちになれるかな。

わたしは心《こころ》の中《なか》で頭《あたま》をぶんぶんふった。

ムリだよ。もう友《とも》だちは作《つく》らないって決《き》めているんだから。

小学校《しょうがっこう》のとき、SOS《エスオーエス》のせいで信《しん》じていた親友《しんゆう》にも見放《みはな》されて……。

もう二度《にど》と、あんな思《おも》いをしたくないから。


「はい、それじゃあ前《まえ》に出《で》てきて、ひとり2分《ふん》くらいで。まずは、市野《いちの》あみりさんから。」

先生《せんせい》が言《い》うと、

「は、はいっ。」

となりの女《おんな》の子《こ》は、びくっとして答《こた》えた。

名前《なまえ》の順《じゅん》だからトップバッターなんだ。

ただでさえ、緊張《きんちょう》しているみたいなのに、1番《ばん》に自己紹介《じこしょうかい》なんて。

大丈夫《だいじょうぶ》かな。

「いっ、いちの……あ、あみ……りでっすっ……ええっと……。」

あまりの緊張《きんちょう》ぶりに、みんな顔《かお》を見合《みあ》わせてふくみ笑《わら》いをしている。

だけど、市野《いちの》さんは、一生懸命言葉《いっしょうけんめいことば》をつなごうとしている。

「しょ、うらいの夢《ゆめ》は、かっかしゅに……なって……ステージに、たつこ……と。」

とうとうみんながクスクス笑《わら》いだした。

「こんなに緊張《きんちょう》してちゃ歌手《かしゅ》とかむりでしょ。」

とか、ひそひそ声《ごえ》が聞《き》こえてくる。

「す、すきな。」

まだ、好《す》きな食《た》べものが言《い》えてないから、終《お》われないんだ。

こんな状況《じょうきょう》で自己紹介《じこしょうかい》を続《つづ》けるなんて地獄《じごく》だよ……。

市野《いちの》さんの声《こえ》はふるえてますます小《ちい》さくなっていく。顔《かお》はもう真《ま》っ赤《か》で、目《め》には大《おお》つぶの涙《なみだ》が浮《う》かんでいる。

先生《せんせい》はそんな市野《いちの》さんを心配《しんぱい》そうに見《み》ているけれど、なにも言《い》いだせないみたい。

わたしは市野《いちの》さんの様子《ようす》を見《み》ているのがつらくなって、うつむいた。

そのとき。

「時間切《じかんぎ》れ！　交代《こうたい》や。」

とつぜん、男《おとこ》の子《こ》が立《た》ち上《あ》がってスタスタと教室《きょうしつ》の前《まえ》に歩《ある》いていった。

そして市野《いちの》さんを教卓《きょうたく》からおしだして、みんなの前《まえ》に立《た》った。

「あれ？　次《つぎ》は上田《うえだ》さんの番《ばん》でしょ。」

「順番《じゅんばん》とばしてるし。」

クラスがざわめくと、

「かたいことは言《い》いっこなし。」

キラキラと瞳《ひとみ》のまぶしい男《おとこ》の子《こ》は、一瞬《いっしゅん》でみんなの目《め》を引《ひ》きつけた。

「まいど！　はるばる大阪《おおさか》からやってきた小野寺千秋《おのでらちあき》や。好《す》きな食《た》べもんはたこ焼《や》き。オレのソウルフードや。食《た》べたなったらいつでも言《ゆ》うてや。めちゃくちゃうまいたこ焼《や》き作《つく》ったるで。将来《しょうらい》なりたいもんはヒーロー。目指《めざ》すは〝世界征服《せかいせいふく》〟や！」

そこまで一気《いっき》にまくしたてると、小野寺《おのでら》くんは教室《きょうしつ》を見回《みまわ》した。

みんなあっけにとられてポカーンとしている。

小野寺《おのでら》くんはガクッとこけるマネをした。

「なんやボケかましてんのにだれもつっこまんのかい！　ヒーローっつったら、世界平和《せかいへいわ》。

世界征服《せかいせいふく》してどないすんねん！」

教室《きょうしつ》の空気《くうき》が止《と》まった。

こういうのをすべるって言《い》うのかも。

だけど、小野寺《おのでら》くんは教室《きょうしつ》の白《しろ》い眼《め》を気《き》にする様子《ようす》もなく。

「ほんなら、ここらへんで、この日《ひ》のために特別《とくべつ》に用意《ようい》した一発芸《いっぱつげい》を……。」

そう言《い》って、ブレザーの内《うち》ポケットからペットボトルを取《と》りだし、高《たか》らかにかかげた。

そして、ペットボトルを思《おも》いっきりシャカシャカふった。

「炭酸一気飲《たんさんいっきの》みいきまーす！」

「ちょ、ちょっと！」

ペットボトルのふたに手《て》をかけた小野寺《おのでら》くんを、先生《せんせい》があわてて止《と》めようとした。先生《せんせい》の手《て》がペットボトルに当《あ》たって、パーンとふたがはじけた。

プシュウウウウ――――。

先生《せんせい》の顔《かお》めがけて炭酸水《たんさんすい》が打《う》ち上《あ》げ花火《はなび》みたいにいきおいよく飛《と》びだした！

先生《せんせい》は顔《かお》もシャツもびしゃびしゃ。

一瞬《いっしゅん》の沈黙《ちんもく》のあと、ドカーンと笑《わら》いが起《お》こった。

「よっしゃー！　もろたで爆笑《ばくしょう》！」

ぼうぜんとたたずむ先生《せんせい》の前《まえ》で、小野寺《おのでら》くんがガッツポーズを決《き》めた。


もちろんその日《ひ》は、いたるところ、小野寺《おのでら》くんの話題《わだい》で持《も》ちきりだった。

「中《ちゅう》1にもなってヒーローになりたいとか、やばくない？」

「たしかに。だまってればイケメンなのにもったいないよね。」

「けど、なんかかわいくない？　たこ焼《や》きの作《つく》り方《かた》、教《おし》えてもらいたいなー。」

「それじゃあ、小野寺《おのでら》くん誘《さそ》って、うちでたこパやる？」

「ええ～楽《たの》しそう。」

女子《じょし》たちのトークに花《はな》が咲《さ》く。わたしはそれを自分《じぶん》の席《せき》でひそかに聞《き》いていた。

たしかに、わたしも小野寺《おのでら》くんのノリにはびっくりした。

あれが大阪《おおさか》のノリなのかな？

だけど、それ以上《いじょう》に心《こころ》に残《のこ》ったのは別《べつ》のことなんだ。

自己紹介《じこしょうかい》のとき、順番《じゅんばん》とばしまでして前《まえ》に出《で》ていったのは……、もしかすると、泣《な》きそうになっていた市野《いちの》さんをかばうためだったのかもって……。

考《かんが》えすぎかな。

だけど、もしそうなら、小野寺《おのでら》くんはすごいな。

あのときのわたしは、うつむくばかりでなんにもできなかったから。


家《いえ》に帰《かえ》ると、制服《せいふく》を着替《きが》えてベッドに寝《ね》そべった。

はあ……、つかれたなあ……。

ポケットからスマホを取《と》りだして動画《どうが》サイトのふわもこぷりんのチャンネルを開《ひら》く。

わたしにとってこの時間《じかん》がいちばんいやされるんだ。

ふわもこぷりんは顔出《かおだ》しをしていないから、動画《どうが》にはすべてアニメーションがついている。パステルカラーのかわいい世界《せかい》で、ピンクの髪《かみ》に大《おお》きなリボンを付《つ》けたふわもこぷりんのキャラクターが曲《きょく》を歌《うた》っているんだ。

今《いま》や大人気《だいにんき》で、アニメの主題歌《しゅだいか》やコスメのCM《シーエム》ソングにも使《つか》われてる。

わたしは大好《だいす》きな歌《うた》、「ポップコーン☆スター」の再生《さいせい》ボタンをおした。

電子音《でんしおん》のようなポップな音色《ねいろ》がはじけて、ふわもこぷりんのキャラクターがおどりだす。

たいくつな　毎日《まいにち》が　はじけだす
トキメキ　ポップコーン☆スター
この町《まち》を　ぬけだして　旅立《たびだ》つの
キラキラ　ポップコーン☆スター

虹色《にじいろ》の空《そら》には　ポップコーンの星《ほし》がキラリ
いつか　あの星《ほし》みたいに　かがやける?
わたしだけの　ものがたり　みつけたい

たのしくて　笑顔《えがお》　あふれる日《ひ》も
ナミダが　ポロポロ　あふれる日《ひ》も
いつだって　わたしらしく　いたい
ほんのすこしの勇気《ゆうき》で　変《か》えられるよ
わたしには　あの星《ほし》があるから
つよくなれるよ

はじける　ポップコーン☆スター
わたしを　つよくする　おまじない
キラキラ　ポップコーン☆スター

いつか　かがやく星《ほし》　手《て》に入《い》れるの

動画《どうが》を見終《みお》わると、幸《しあわ》せな気分《きぶん》でみたされた。

ふわもこぷりんの世界《せかい》にひたっているときは、いやなこともわすれられるんだ。

特《とく》に、曲《きょく》の中《なか》の「わたしには　あの星《ほし》があるから　つよくなれるよ」っていう歌詞《かし》がとっても好《す》き。わたしにとってふわもこぷりんは星《ほし》だから。

ふわもこぷりんがいるから、ひとりぼっちで友《とも》だちがいなくても、がんばれるんだ。

3 視《み》えてしまった……？

クラスの係《かかり》を決《き》めるホームルーム。

先生《せんせい》が風紀係《ふうきがかり》、図書係《としょがかり》、保健係《ほけんがかり》、国語係《こくごがかり》、飼育係《しいくがかり》など、黒板《こくばん》にずらりと係《かかり》を書《か》いて、なりたい人《ひと》を挙手制《きょしゅせい》で聞《き》いていく。

まよってるうちにどんどん係《かかり》がうまっていく。

ああ、どうしよう。出遅《でおく》れちゃった。適当《てきとう》になにかに手《て》を挙《あ》げればよかったのに。

こういうとき、いつももたもたしちゃって、すぐに決《き》めるの苦手《にがて》なんだ。

後悔《こうかい》していると、

「先生《せんせい》、カンジンな係《かかり》があらへんで。」

小野寺《おのでら》くんが手《て》を挙《あ》げた。

今度《こんど》はなにを言《い》いだすんだろうと、みんなが好奇《こうき》の目《め》で小野寺《おのでら》くんを見《み》ている。

「どんな係《かかり》かな？」

先生《せんせい》が聞《き》いた。

「それは、クラスの平和《へいわ》を守《まも》る係《かかり》です。弱《よわ》きを助《たす》け、強《つよ》きをくじく。オレが1年《ねん》4組《くみ》のヒーローになります。」

教室《きょうしつ》にクスクス笑《わら》いが起《お》こる。

「また、ヒーローとか言《い》ってるよ。」

「ヒーローってウルトラマンみたいな？」

「どんな係《かかり》だよ？」

先生《せんせい》はこまった顔《かお》をして、

「小野寺《おのでら》くん、ヒーローって幼稚園児《ようちえんじ》じゃないんだから。もう中学生《ちゅうがくせい》になったんだからもうちょっとまじめに係《かかり》を考《かんが》えないと……。」

小野寺《おのでら》くんをやさしい口調《くちょう》でたしなめた。

こんなとき、小野寺《おのでら》くんならギャグで返《かえ》すのかな？

そう思《おも》ったけれど、小野寺《おのでら》くんはだまりこんだ。

怒《おこ》っているみたいに見《み》える。

すると、いちばん後《うし》ろの席《せき》にすわっている早乙女修《さおとめしゅう》くんが手《て》を挙《あ》げた。

「先生《せんせい》、ヒーローっていうのはたしかにふざけているかもしれませんけど、クラスの平和《へいわ》を守《まも》るっていうのはいいアイディアだと思《おも》います。新生活《しんせいかつ》でトラブルやこまりごとがあるかもしれませんし。」

早乙女《さおとめ》くんは、熱血《ねっけつ》な小野寺《おのでら》くんとは正反対《せいはんたい》のすずしい雰囲気《ふんいき》のイケメン。だれにでもやさしくて、凜星学園中等部《りんせいがくえんちゅうとうぶ》にはトップの成績《せいせき》で進学《しんがく》。入学式《にゅうがくしき》で新入生代表挨拶《しんにゅうせいだいひょうあいさつ》をしたときも、全校生徒《ぜんこうせいと》の前《まえ》なのに緊張《きんちょう》もせず堂々《どうどう》としていてすごくかっこよかったんだ。

小野寺《おのでら》くんはいつのまにか早乙女《さおとめ》くんのとなりに移動《いどう》して、

「ええこと言《い》うやん。ふざけてるってのはよけいやけどな。」

と、こくこくうなずいている。

先生《せんせい》はなにか思《おも》いついたように、手《て》をぽんっとたたいた。

「それなら、小野寺《おのでら》くんと早乙女《さおとめ》くんでお助《たす》け係《がかり》ってのはどうかな。まだ係《かかり》が決《き》まっていない桜乃《さくらの》さんも。」
さくらのって……。
えええ！　わたしも？
一気《いっき》にクラスの視線《しせん》がこっちに向《む》いた。
とつぜん、白羽《しらは》の矢《や》が立《た》ってパニック！
お助《たす》け係《がかり》なんて、わたしにつとまるわけない。
しかも、クラスでいちばん目立《めだ》ってる小野寺《おのでら》くんと早乙女《さおとめ》くんといっしょになんて。
絶対《ぜったい》、ムリッ！
あわてて黒板《こくばん》を見《み》ると、まだ図書係《としょがかり》が空《あ》いていた！
「わ、わたしは。」
図書係《としょがかり》に、と言《い》おうとしたら、わたしの声《こえ》をかき消《け》して、
「よっしゃー。桜乃《さくらの》もよろしくな！」
小野寺《おのでら》くんがわたしに向《む》かって、ビシッと親指《おやゆび》でグッドサインをした。
キラッキラの笑顔《えがお》が太陽《たいよう》みたいにまぶしい。

小野寺《おのでら》くんの瞳《ひとみ》はあまりにもまっすぐすぎて……。

わたしは思《おも》わずうなずいてしまった！


「ごめん！　お助《たす》け係《がかり》！　今日《きょう》、バスケ部《ぶ》の仮入部《かりにゅうぶ》でミニ試合《しあい》があって、どうしても参加《さんか》したいんだ〜！　だから、これ、代《か》わりに図書室《としょしつ》に返却《へんきゃく》しといてっ！」

図書係《としょがかり》の田辺《たなべ》さんはそう言《い》って、学級文庫《がっきゅうぶんこ》の本《ほん》をどさっとわたしのつくえに置《お》いた。

学級文庫《がっきゅうぶんこ》っていうのは、教室《きょうしつ》の後《うし》ろにある本棚《ほんだな》のこと。図書室《としょしつ》から本《ほん》を借《か》りてきて、2週間《しゅうかん》に一回《かい》、入《い》れ替《か》えるんだ。

「うん、大丈夫《だいじょうぶ》だよ。」

「ありがとー！　すっごく助《たす》かる！　あと、これ返《かえ》したら、もちろん図書室《としょしつ》で新《あたら》しい本《ほん》を借《か》りて学級文庫《がっきゅうぶんこ》の棚《たな》に入《い》れるのもわすれないでね！　それから、本棚《ほんだな》の横《よこ》に置《お》いてあるノートに、選《えら》んだ本《ほん》のおすすめコメントも記入《きにゅう》しておいてね。一冊《さつ》3行《ぎょう》くらいでいいからっ！」

田辺《たなべ》さんは早口《はやくち》で説明《せつめい》した。

「早《はや》く行《い》くよー。」

教室《きょうしつ》の外《そと》で待《ま》っている女《おんな》の子《こ》たちが田辺《たなべ》さんを呼《よ》ぶ。

「今《いま》行《い》く〜！」

女《おんな》の子《こ》たちは嵐《あらし》のように去《さ》っていった。

入《い》れちがいに小野寺《おのでら》くんと早乙女《さおとめ》くんが、明日《あした》の社会《しゃかい》の授業《じゅぎょう》で使《つか》う地球儀《ちきゅうぎ》や大《おお》きな地図《ちず》を抱《かか》えてもどってきた。これは社会科係《しゃかいかがかり》の斎藤《さいとう》くんと堀《ほり》くんからたのまれた用事《ようじ》なんだ。塾《じゅく》の体験授業《たいけんじゅぎょう》に行《い》くんだって。

小野寺《おのでら》くんはわたしのつくえの上《うえ》にある本《ほん》をじいっと見《み》た。

「またなんか引《ひ》き受《う》けたんか？」

うらめしそうに聞《き》く。

「田辺《たなべ》さんが、図書室《としょしつ》で借《か》りていた学級文庫《がっきゅうぶんこ》の本《ほん》を返却《へんきゃく》して、新《あたら》しい本《ほん》を選《えら》んでおいてほしいって。」

「はあああ？　こんなんお助《たす》け係《がかり》じゃなくて、雑用係《ざつようがかり》や。名《な》ばかりお助《たす》け係《がかり》や！」

小野寺《おのでら》くんが憤慨《ふんがい》する。

「まあ、そうカッカするなよ。」

早乙女《さおとめ》くんが自分《じぶん》の背丈《せたけ》くらいある大《おお》きなローラー式《しき》の地図《ちず》を黒板《こくばん》の横《よこ》にもたせかけながら言《い》った。

雑用係《ざつようがかり》と化《か》した「お助《たす》け係《がかり》」は大《おお》いそがしだった。

みんな小野寺《おのでら》くんと早乙女《さおとめ》くんには雑用《ざつよう》をたのみにくいみたいで、ほとんどはわたしを通《とお》して依頼《いらい》される。

部活動《ぶかつどう》の仮入部《かりにゅうぶ》に参加《さんか》するとか、塾《じゅく》があるとか、中学生《ちゅうがくせい》はいそがしいんだ。

ひとつひとつの雑用《ざつよう》はたいしたことのないものばかりだけど、それがクラスの全方位《ぜんほうい》からたのまれるとなると、ひと苦労《くろう》だった。

だけど、わたしは部活《ぶかつ》に入《はい》るつもりがないし、塾《じゅく》には通《かよ》っていない。休《やす》み時間《じかん》も放課後《ほうかご》も、時間《じかん》はたっぷりある。地味《じみ》な雑用《ざつよう》をしているのはぜんぜん苦痛《くつう》じゃなかった。

だって、いそがしいほうが、SOS《エスオーエス》が発動《はつどう》するんじゃないかってビクビクする気持《きも》ちをまぎらわせるから。

わたしは小野寺《おのでら》くんが考《かんが》えるようなかがやかしい活動内容《かつどうないよう》じゃなくて、正直《しょうじき》ほっとしてるんだ。

「で、桜乃《さくらの》はメッセージ動画《どうが》は撮《と》れたんか？」

小野寺《おのでら》くんは場《ば》を仕切《しき》り直《なお》すように聞《き》いた。

わたしは、小野寺《おのでら》くんの問《と》いかけにギクッとした。

メッセージ動画《どうが》というのは小野寺《おのでら》くんが思《おも》いついた企画《きかく》で。

クラスに入学式《にゅうがくしき》の前《まえ》からずっと入院中《にゅういんちゅう》の三井《みつい》くんっていう男《おとこ》の子《こ》がいて、その子《こ》のためにひとりひとりメッセージを動画《どうが》で撮影《さつえい》して届《とど》けようってことになったんだ。

学校《がっこう》に来《き》たときにみんなの顔《かお》と名前《なまえ》がわかるようにって。

それで、その動画《どうが》をお助《たす》け係《がかり》の３人《にん》で手分《てわ》けして撮影《さつえい》することにしたんだ。

「それが、みんないそがしそうで。市野《いちの》さんと宮沢《みやざわ》さんと、あと何人《なんにん》かはお願《ねが》いして撮《と》れたんだけど……。」

小野寺《おのでら》くんがやれやれという顔《かお》でわたしを見《み》る。

「桜乃《さくらの》は、おしが弱《よわ》いねん。いそがしそうにしてても前《まえ》に立《た》ちはだかって、むりやりにでもメッセージもらわな。」

そんなことできないよ……。

「ごめん……。」

わたしはあやまった。

「しゃーないな。残《のこ》りの人《ひと》はオレと早乙女《さおとめ》で。」

「あのさ。言《い》いにくいんだけど。」

早乙女《さおとめ》くんが切《き》りだした。

「さっき、職員室《しょくいんしつ》に行《い》ったときに先生《せんせい》から聞《き》いたんだけど、三井《みつい》くんはもうすでに退院《たいいん》の日《ひ》が決定《けってい》したみたいで、来週《らいしゅう》から登校《とうこう》するらしいよ。」

「そんなに早《はや》く？　動画《どうが》のメッセージは『入院生活《にゅういんせいかつ》がんばって』とか、『おだいじに』とか、そんなメッセージばっかりやねんで。退院《たいいん》が決《き》まってるのに、そんなもんわたしてもまぬけやがな。」

「そうだね。」

「んなアホな……。」

お助《たす》け係《がかり》として活躍《かつやく》するチャンスだっただけに、小野寺《おのでら》くんは目《め》に見《み》えて、ガックリしてしまった。

「とりあえず図書係《としょがかり》の仕事《しごと》を片付《かたづ》けようか。」

早乙女《さおとめ》くんが言《い》うと、小野寺《おのでら》くんはぶすーっとして、

「やればええんやろ、やれば。」

と、なげやりに言《い》った。

図書室《としょしつ》に着《つ》くと、学級文庫《がっきゅうぶんこ》の棚《たな》に入《い》れる本《ほん》を手分《てわ》けして選《えら》ぶことにした。

「むうう、オレは漫画《まんが》しか読《よ》まへん主義《しゅぎ》やからなあ。どうせやったら一発芸《いっぱつげい》に役立《やくだ》ちそうなやつがええけど。」

小野寺《おのでら》くんが書架《しょか》を物色《ぶっしょく》しながら言《い》った。

「よっしゃ、これに決定《けってい》！　『早口《はやくち》ことば図鑑《ずかん》』や！　すもももももももものう

ち！」

「『も』の数《かず》、テキトーに言《い》ってるだろ。多《おお》すぎ。」

早乙女《さおとめ》くんがツッコミを入《い》れる。

「多《おお》いぐらいがちょうどええねん！　で？　桜乃《さくらの》はどれにすんの？」

「ええっと、わたしは、『赤毛《あかげ》のアン』にしようかな。」

「なんやそれ、おもろいんか？　字《じ》ぃばっかりやないか。」

小野寺《おのでら》くんは本《ほん》をぱらぱらめくりながら聞《き》いた。

「うん。おもしろかったよ。小学生《しょうがくせい》のとき、夏休《なつやす》みの宿題《しゅくだい》で感想文《かんそうぶん》を書《か》くために読《よ》んだんだ。孤児院《こじいん》にいたアンがマシューおじさんとマリラおばさんに引《ひ》き取《と》られて、プリンスエドワード島《とう》っていうステキなところですごすお話《はなし》だよ。」

ふう、よかった、うまく説明《せつめい》できた。

ほっとしていると、小野寺《おのでら》くんはきょとんとした顔《かお》で、

「で？　オチは？」

「オチ？」

首《くび》をかしげると、

「はあー。張《は》り合《あ》いないわー。」

小野寺《おのでら》くんが仰々《ぎょうぎょう》しく言《い》った。

「オチない話《はなし》なんて、うっすいカルピスみたいに味気《あじけ》ないやん。」

「………。」

オチって？　うっすいカルピスってどういう意味《いみ》？

どう答《こた》えればいいのかあせっていると、

「そんなふうにオチとかツッコミを求《もと》めると、めんどくさがられるよ。」

早乙女《さおとめ》くんがフォローしてくれた。

「悪《わる》かったな、めんどくさいやつで。」

小野寺《おのでら》くんはぷいっとそっぽを向《む》いてしまった。

それから深《ふか》〜いため息《いき》。

「はあ〜〜あ。オレはな、ぱあーっと景気《けいき》よう活躍《かつやく》して、みんなの役《やく》に立《た》ちたいんや。

それやのに、なんでこんな雑用《ざつよう》ばっかりやねん。」

小野寺《おのでら》くんは完全《かんぜん》にいじけてしまった。

「まあ、たしかに、小野寺《おのでら》の理想《りそう》とはちがうかもしれないけどさ。」

そう言《い》って早乙女《さおとめ》くんが小野寺《おのでら》くんの背中《せなか》にぽんっと手《て》を置《お》いた。

「大《おお》ちがいや。」

すねる小野寺《おのでら》くん。

「けどさ、ふたをあければ中身《なかみ》はぜんぜんちがうなんてこと、よくある話《はなし》だろ。ものは考《かんが》えよう。こうやってみんなの雑用《ざつよう》をしているうちに、クラスメイトのことを知《し》ることができるし。その情報《じょうほう》がいざというときに、役《やく》に立《た》つかもしれないだろ。そうやってふだんから地道《じみち》な努力《どりょく》をできるのが、ヒーローのあるべき姿《すがた》ってものさ。」

小野寺《おのでら》くんが考《かんが》えこむ。そしてぱあっと顔《かお》を上《あ》げた。

「たしかにそうや。早乙女《さおとめ》は、やっぱり、ええこと言《い》うなぁ！」

小野寺《おのでら》くんは瞳《ひとみ》をキラキラさせている。

その変《か》わりようにふきだしそうになって、あわててのみこんだ。

気《き》をつけなきゃ。

小野寺《おのでら》くんと早乙女《さおとめ》くんは同《おな》じお助《たす》け係《がかり》ってだけで、友《とも》だちってわけじゃない。あくまでクラスメイトとしての関《かか》わりなんだから。

だけど、早乙女《さおとめ》くんはすごいな。

小野寺《おのでら》くんにあんなにむくれられたら、あせってしまって言葉《ことば》が出《で》ないもの。

そのとき、小野寺《おのでら》くんが、はっと思《おも》いだしたように時計《とけい》を見《み》た。

「ああ、やばい！　今日《きょう》、修行《しゅぎょう》やねん。」

「修行《しゅぎょう》？」

わたしのつぶやきは小野寺《おのでら》くんの耳《みみ》にぜんぜん入《はい》らなかったみたい。

小野寺《おのでら》くんは図書室《としょしつ》の窓《まど》の縁《ふち》に手《て》をかけてハードルみたいに飛《と》びこえた。

黒《くろ》い髪《かみ》がなびいて、たくさんのキラキラをふくんだ風《かぜ》がふわっとふいた気《き》がした。

まさにヒーローっぽかった。

ひととき、みとれていると、次《つぎ》の瞬間《しゅんかん》には窓《まど》の外《そと》で手《て》をふっていた。

はやい！

「ほな、また明日《あした》！」

小野寺《おのでら》くんはそう言《い》ってくつ箱《ばこ》のほうへ走《はし》っていった。

「合気道《あいきどう》の道場《どうじょう》に通《かよ》っているんだって。」

早乙女《さおとめ》くんが、さっきのわたしの疑問《ぎもん》に答《こた》えてくれた。

合気道《あいきどう》っていうのはたしか武道《ぶどう》の名称《めいしょう》だったような。早乙女《さおとめ》くんは小野寺《おのでら》くんのことよく知《し》ってるんだな。小野寺《おのでら》くんのことだけは呼《よ》びすてにしてるし、思《おも》っている以上《いじょう》にふたりは仲《なか》がいいのかも。

早乙女《さおとめ》くんは海外小説《かいがいしょうせつ》の棚《たな》から本《ほん》を選《えら》んでいる。

早乙女《さおとめ》くんは小野寺《おのでら》くんとは別《べつ》の意味《いみ》で目立《めだ》った存在《そんざい》。早乙女《さおとめ》グループっていう企業《きぎょう》の御曹司《おんぞうし》なんだ。早乙女《さおとめ》グループは大手《おおて》IT《アイティー》企業《きぎょう》で、経済界《けいざいかい》にも影響《えいきょう》を持《も》っているんだって。

校内《こうない》ではファンクラブまで結成《けっせい》されているんだ。

わたしもお助《たす》け係《がかり》として、何度《なんど》か代理《だいり》で手紙《てがみ》をわたしたり、プレゼントをわたしたりしたことがある。

けれど、女《おんな》の子《こ》と付《つ》き合《あ》ったりすることには、あんまり興味《きょうみ》がないみたい。告白《こくはく》されてもことわっているらしい。

もしかして好《す》きな人《ひと》がいるのかな？　それとも、もうすでに彼女《かのじょ》がいるとか。

わたしとは住《す》んでいる世界《せかい》がぜんぜんちがうなあ。

お助《たす》け係《がかり》になってなければ、きっと、こうやってふたりでいることもなかっただろうし。

早乙女《さおとめ》くんはこのお助《たす》け係《がかり》の活動《かつどう》について、いったいどう思《おも》っているんだろう。早乙女《さおとめ》くんならもっと素敵《すてき》で華《はな》やかな学園生活《がくえんせいかつ》を送《おく》れるはずなのに。

早乙女《さおとめ》くんはいつだってだれにでもやさしくて、おだやかで感情《かんじょう》の起伏《きふく》も少《すく》ない。

その分《ぶん》、なにを考《かんが》えているかはわかりにくいんだ。

感情《かんじょう》が手《て》に取《と》るようにわかる小野寺《おのでら》くんとは本当《ほんとう》に正反対《せいはんたい》って感《かん》じがする。

会話《かいわ》がとぎれて、しんとしてしまった。

図書室《としょしつ》にはわたしたちのほかは、だれもいない。

窓《まど》からは夕日《ゆうひ》が差《さ》しこんでいる。

すると、ふいに、早乙女《さおとめ》くんが、

「桜乃《さくらの》さんといると、落《お》ち着《つ》くな。」

そう言《い》って、ふりむいた。

ドキッ！

きれいな顔《かお》が夕日《ゆうひ》にそまる。

ええっと、落《お》ち着《つ》くっていうのは……？

たぶん、地味《じみ》だし、キラキラしてないって意味《いみ》で、落《お》ち着《つ》くってことだよね。

そうだよ。ファンクラブの人《ひと》たちだって、わたしのことライバルとして数《かず》に入《い》れていないみたいだし。

わたしは早乙女《さおとめ》くんにふさわしい女《おんな》の子《こ》じゃないもの。

「女《おんな》の子《こ》たちがファンクラブなんてのを作《つく》ってるけど、一挙一動《いっきょいちどう》見《み》られてる気《き》がして。あいうの息苦《いきぐる》しくてつかれてしまうんだ。」

いつものさわやかな笑顔《えがお》に、ふと影《かげ》が差《さ》した。

早乙女《さおとめ》くんにもそんな気苦労《きぐろう》があったんだ。

なんだか意外《いがい》。

ファンクラブに対《たい》する対応《たいおう》は、おだやかでやさしくて紳士的《しんしてき》で、全然《ぜんぜん》そんなふうに見《み》えなかったから。

だれにでも、ちょっぴりキョリを置《お》いているのはそういうわけだったのかな。

早乙女《さおとめ》くんって、大人《おとな》だな。

自分《じぶん》が息苦《いきぐる》しくてつかれてしまっても、女《おんな》の子《こ》たちを傷《きず》つけないようにふるまうことができるんだ。

ほかの男子《だんし》なら、ファンクラブなんてできたら、めちゃくちゃ調子《ちょうし》に乗《の》るか、めちゃくちゃいやがるか、めちゃくちゃはずかしがるか、めちゃくちゃ無視《むし》するか、そういうふうに感情的《かんじょうてき》になってしまうだろうから。

もしも小野寺《おのでら》くんにファンクラブができたら……、いったいどの反応《はんのう》になるだろう。

どのパターンもありえそうだけど……。

すると、

「オレはこれにする。」

早乙女《さおとめ》くんは書架《しょか》から「名探偵《めいたんてい》ポワロ」と書《か》かれた本《ほん》を取《と》りだした。

「オレ、推理小説《すいりしょうせつ》が好《す》きなんだ。これは、アガサ・クリスティっていうイギリスの推理作家《すいりさっか》の小説《しょうせつ》。『オリエント急行殺人事件《きゅうこうさつじんじけん》』とか『ABC殺人事件《エービーシーさつじんじけん》』が有名《ゆうめい》かな。ポワロはアガサ・クリスティの小説《しょうせつ》に出《で》てくる探偵《たんてい》の名前《なまえ》なんだ。」

「へえ。」

「推理小説《すいりしょうせつ》って、いろいろな推理方法《すいりほうほう》があってわくわくするんだ。シャーロック・ホームズは科学捜査《かがくそうさ》で事件《じけん》を解決《かいけつ》する。指紋《しもん》や血痕《けっこん》を調《しら》べたりしてね。この本《ほん》に出《で》てくるポワロが得意《とくい》なのは人間《にんげん》の観察《かんさつ》なんだ。人間《にんげん》の思考《しこう》や心理《しんり》の傾向《けいこう》のパターンを読《よ》みといて、事件《じけん》を解決《かいけつ》にみちびく。」

「………。」

「『事件《じけん》のウラには必《かなら》ず動機《どうき》がある』。たとえば、殺人事件《さつじんじけん》じゃなくても、日常《にちじょう》にも謎《なぞ》はかくれている。そういう謎《なぞ》を見《み》つけるのが好《す》きなんだ。たとえば、今《いま》、オレが気《き》になってる謎《なぞ》は、桜乃《さくらの》さんのこと。」

「わたしの謎《なぞ》……？」

心臓《しんぞう》がドキンとする。

「桜乃《さくらの》さんって、話《はな》しかけるとふつうに話《はな》してくれるけど、自分《じぶん》からだれかに話《はな》しかけているのを見《み》たことがない。オレにだけじゃなくて、クラスの全員《ぜんいん》にそうだよね。かたくなにそうしているように見《み》える。どうしてかな、その行動《こうどう》の動機《どうき》はなんだろうって。もしかすると、なにかをかくすためなのかも、とか。」

早乙女《さおとめ》くんはそう言《い》って、にこっと笑《わら》った。

ミステリアスな瞳《ひとみ》がこちらを見《み》つめている。

まさか、自分《じぶん》からは話《はな》しかけないようにしていることに気《き》づかれているなんて。

なんだかすべてを見《み》すかされているような気《き》がして、胸《むね》がドキドキしてきた！

もしかして、わたしの秘密《ひみつ》の能力《のうりょく》のことも気《き》づいてる？

そんなわけないよね。

だれにも言《い》ってないのに、わかるはずないもの。

ドキドキ　ドキドキ

ドキドキ　ドキドキ

鼓動《こどう》がやたらに速《はや》くなっていく。
ドキドキ　ドキドキ
ドキドキ　ドキドキ
ちがう。これは、わたしの鼓動《こどう》じゃない。「だれか」の鼓動《こどう》だ！
まさか、こんなときにSOS《エスオーエス》が発動《はつどう》するなんて。
やだ！　にげたい！
そう思《おも》った瞬間《しゅんかん》、頭《あたま》の中《なか》に光景《こうけい》が流《なが》れこんできた。
ピアノの前《まえ》に立《た》つ女《おんな》の子《こ》の後《うし》ろ姿《すがた》。
三《み》つ編《あ》みにリボンの髪《かみ》かざり……、こ

の後《うし》ろ姿《すがた》は市野《いちの》さん……？

場所《ばしょ》は音楽室《おんがくしつ》。

壁《かべ》に貼《は》ってある模造紙《もぞうし》の文字《もじ》は……歌詞《かし》？

肩《かた》がふるえている。

泣《な》いているみたい……。

「……わたし、やめたくないよ……。」

苦《くる》しそうな声《こえ》で言《い》うと、ピアノの鍵盤《けんばん》をバーンとたたいた。

その瞬間《しゅんかん》、光景《こうけい》はとぎれてしまった。


わたしはポケットのおまもりをにぎりしめた。

胸《むね》が苦《くる》しい。

「桜乃《さくらの》さん？」

「だ、大丈夫《だいじょうぶ》だから。」

「ぜんぜん大丈夫《だいじょうぶ》じゃなさそうだよ。」

早乙女《さおとめ》くんは心配《しんぱい》そうに言《い》った。

クラクラする頭《あたま》の中《なか》で、わたしは必死《ひっし》に考《かんが》えていた。

この能力《のうりょく》が発動《はつどう》するにはいくつか、条件《じょうけん》がある。

ひとつ　頭《あたま》の中《なか》で視《み》えることはリアルタイムで起《お》こっているってこと。
ふたつ　自分《じぶん》のいる場所《ばしょ》の近《ちか》くで起《お》こっているってこと。
みっつ　助《たす》けを求《もと》めている人《ひと》は、「絶体絶命《ぜったいぜつめい》の大《だい》ピンチ」におちいっているってこと。

ってことは、市野《いちの》さんは……。

いますぐ音楽室《おんがくしつ》に行《い》ってみる？

ムリだよ。わたしにはなにもできない……。

「送《おく》っていくよ。ちょっと待《ま》って。車《くるま》を呼《よ》ぶから。」

早乙女《さおとめ》くんがスマホを取《と》りだしながら言《い》った。

「車《くるま》って？」

「うちの家族専属《かぞくせんぞく》の運転手《うんてんしゅ》さんがいるんだ。」

えっ……。

しばらくすわっていると、クラクラするのはおさまってきた。

「ごめん、やっぱりわたし。」

ことわろうとしたとき、

「ほら、来《き》たよ。」

早乙女《さおとめ》くんが窓《まど》の外《そと》に見《み》える大《おお》きな黒《くろ》いピカピカの車《くるま》を指《ゆび》さした。

なんだか外国《がいこく》の大統領《だいとうりょう》とかが乗《の》っていそうな車《くるま》……。

まさか、あれに乗《の》るの？　クラス一人気者《いちにんきもの》の早乙女《さおとめ》くんと？

さすがにそれは……。目立《めだ》ちすぎてやばいのでは……。

そう思《おも》っていると、

「大丈夫《だいじょうぶ》、オレはいつもどおり電車《でんしゃ》で帰《かえ》るから。」

「え？」

「いっしょに乗《の》っているところを見《み》られて、桜乃《さくらの》さんがなにか言《い》われたらイヤだから。」

「そんな、悪《わる》いよ。」

「いいから。あの車《くるま》までひとりで歩《ある》ける？」

目立《めだ》ちたくはないけど、電車《でんしゃ》で帰《かえ》るのはムリっぽい。

わたしはうなずいた。

図書室《としょしつ》を出《で》て車《くるま》の前《まえ》まで来《く》ると、わたしはふりかえった。

図書室《としょしつ》の窓《まど》を見《み》ると早乙女《さおとめ》くんが軽《かる》く手《て》を挙《あ》げた。

すると、車《くるま》の前《まえ》で待《ま》ちかまえている執事《しつじ》のような運転手《うんてんしゅ》さんが深《ふか》いお辞儀《じぎ》をした。それからわたしを見《み》て、

「桜乃《さくらの》さま、お待《ま》ちしておりました。」

と、うやうやしく言《い》って、車《くるま》のドアを開《ひら》いた。

わたしは早乙女《さおとめ》くんに感謝《かんしゃ》しつつ、車《くるま》に乗《の》りこんだ。

4 不吉《ふきつ》な予感《よかん》

家《いえ》の近《ちか》くのコンビニの前《まえ》で、車《くるま》からおろしてもらった。

運転手《うんてんしゅ》さんは「家《いえ》の前《まえ》までお送《おく》りいたします。」って言《い》ってくれたけど、お母《かあ》さんに見《み》られたら、どう説明《せつめい》していいかわからないし、心配《しんぱい》をかけたくないからことわった。

お母《かあ》さんはパートで働《はたら》いていて、そろそろうちに帰《かえ》ってくる時間《じかん》。

うちの家族《かぞく》はお父《とう》さんとお母《かあ》さん、小学《しょうがく》5年生《ねんせい》の弟《おとうと》とわたしの4人《にん》。

家《いえ》に着《つ》くと、お母《かあ》さんはまだ帰《かえ》っていなかったみたいで、弟《おとうと》がダイニングでテレビゲームをしていた。

「あー、おねーちゃん、おかえり。」

弟《おとうと》は相手《あいて》をしてほしそうな顔《かお》でわたしを見《み》た。

いつもならこんなときはいっしょにゲームで対戦《たいせん》してあげるんだけど、今日《きょう》はそんな気《き》分《ぶん》になれない。

「ただいま。」

顔《かお》をそらし、通《とお》りすぎようとすると、

「あれ？　おねーちゃん、元気《げんき》ないの？」

弟《おとうと》が心配《しんぱい》そうに聞《き》いた。

「ごめん、ちょっと具合《ぐあい》が悪《わる》いみたい。」

そう言《い》って、２階《かい》の自分《じぶん》の部屋《へや》に向《む》かった。

わたしは制服《せいふく》のまま、ベッドにばさっと寝《ね》ころんだ。

またＳＯＳ《エスオーエス》を視《み》てしまった……。

ずーんと気持《きも》ちがしずんでいく。

半年間《はんとしかん》は視《み》えていなかったから、もしかするとこの能力《のうりょく》がなくなったのかもって思《おも》っていたのに……。

おさないころ、お父《とう》さんとお母《かあ》さんに頭《あたま》の中《なか》にこわい映像《えいぞう》が視《み》えるってことを話《はな》したら、すっごく心配《しんぱい》されたことがある。

原因《げんいん》がわからなくて、いろんな病院《びょういん》につれていかれたんだ。大《おお》きな総合病院《そうごうびょういん》のお医者《いしゃ》さんに、心《こころ》に傷《きず》があるから、そういうこわいものを作《つく》りだして、悪夢《あくむ》を見《み》てしまうのかもしれないって言《い》われたんだ。

そのときお父《とう》さんとお母《かあ》さんが、今《いま》までに見《み》たことのないようなショックを受《う》けた顔《かお》をしていたのはわすれられない。

その夜《よる》、ふたりでおそくまで深刻《しんこく》そうに話《はな》し合《あ》っていた。

わたしはその様子《ようす》をとびらのかげから見《み》て、すごく申《もう》し訳《わけ》ない気持《きも》ちになったんだ。

わたしのせいでお父《とう》さんとお母《かあ》さんがこまってる。

それで、ふたりにはもうこのことはだまっていようって決《き》めたんだ。

だけど、傷《きず》ってなんだろう？

自分《じぶん》でも覚《おぼ》えていない傷《きず》があるのかな？

それに、これが夢《ゆめ》ならどんなにいいことか。

SOS《エスオーエス》で視《み》えるのは現実《げんじつ》に起《お》こっていることなんだ。

気《き》が付《つ》いたのは、小学《しょうがく》1年生《ねんせい》のとき。

夏休《なつやす》みに家族《かぞく》で海《うみ》に遊《あそ》びに行《い》ったとき、弟《おとうと》と砂浜《すなはま》で遊《あそ》んでいたら、小《ちい》さな男《おとこ》の子《こ》が浮《う》き輪《わ》から落《お》ちてしまって、おぼれているSOS《エスオーエス》を視《み》たんだ。

わたしはいつものこわい夢《ゆめ》だって思《おも》っていたんだけど。

そのあと、実際《じっさい》にその子《こ》が救急車《きゅうきゅうしゃ》で運《はこ》ばれていくのを見《み》て、頭《あたま》の中《なか》に視《み》えていることが現実《げんじつ》に起《お》こっていることなんだって気《き》が付《つ》いたんだ。

家族《かぞく》や近《ちか》い親《しん》せきの中《なか》にこの能力《のうりょく》がある人《ひと》はいない。

だけど、母方《ははかた》のおじいちゃんとおばあちゃんについてはわからない。

わたしが幼稚園《ようちえん》のときに、事故《じこ》でなくなってしまったから。

いったいどうして、こんな能力《のうりょく》があるんだろう……。

わたしはスマホに手《て》をのばし、ふわもこぷりんの動画《どうが》を再生《さいせい》しようとした。

だけど、昼間《ひるま》に視《み》た市野《いちの》さんの後《うし》ろ姿《すがた》が浮《う》かんできて、手《て》を止《と》めた。

市野《いちの》さん……、大丈夫《だいじょうぶ》かな……。

今日《きょう》で3日目《みっかめ》。

SOS《エスオーエス》を視《み》た日《ひ》以来《いらい》、市野《いちの》さんは学校《がっこう》を休《やす》むようになった。

からっぽのとなりの席《せき》を見《み》ると不安《ふあん》がつのる。

河川敷《かせんしき》に残《のこ》されたからっぽの段《だん》ボール箱《ばこ》……。

市野《いちの》さんにもなにかあったのかな……、あの子犬《こいぬ》みたいに……。

子犬《こいぬ》のおびえた瞳《ひとみ》が頭《あたま》によみがえってくる。

手《て》にじわりとあせがにじんできた。

そのとき、

「とにかく、いっぺん行《い》ってみるべきや!!」

小野寺《おのでら》くんの熱気《ねっき》を帯《お》びた声《こえ》が教室《きょうしつ》の後《うし》ろのほうから聞《き》こえてきた。

小野寺《おのでら》くんがはりきってる。次《つぎ》はなにを言《い》いだすんだろう……。

「よし、そうと決《き》まれば職員室《しょくいんしつ》や！」

ガタンと、イスから立《た》ち上《あ》がる音《おと》がした。

「おい、行《い》くぞ。」

小野寺《おのでら》くんがだれかに呼《よ》びかける。

「なにしてんねん！　聞《き》こえへんのか！　行《い》くぞ！」

もしかして……わたし？

ちがうよね……。

ちがうと思《おも》いたい！

「桜乃《さくらの》！　ぐずぐずすんな！」

はっ！

とうとう名指《なざ》しされて、おそるおそる後《うし》ろを向《む》いた。

小野寺《おのでら》くんと早乙女《さおとめ》くんがわたしを見《み》ている。

あわててふたりのところまでかけていく。

「……い、行《い》くってどこに？」

「小野寺《おのでら》は市野《いちの》さんのお見舞《みま》いに行《い》く気《き》らしい。」

早乙女《さおとめ》くんがやれやれという感《かん》じで説明《せつめい》した。

「えっ……。」

市野《いちの》さんの名前《なまえ》が出《で》てきて、わたしはドキッとした。

音楽室《おんがくしつ》にいた市野《いちの》さんの姿《すがた》が頭《あたま》に浮《う》かんでくる。

「もう学校《がっこう》を3日《みっか》も休《やす》んでるし、お助《たす》け係《がかり》が様子《ようす》を見《み》に行《い》くべきやろ。」

「……………」

「でもただのカゼかもよ。」

と早乙女《さおとめ》くん。

「そうかもしれへんけど、あいつ、入学《にゅうがく》してすぐに休《やす》み始《はじ》めたし学校《がっこう》来《く》るのに不安《ふあん》があるんかもしれへんやろ。」

小野寺《おのでら》くんが心配《しんぱい》そうに言《い》った。

「うーん……、たしかに、こういうはじめの第一歩《だいいっぽ》のつまずきが引《ひ》き金《がね》になって、そのまま不登校《ふとうこう》になってしまうこともあるからね。」

早乙女《さおとめ》くんがうなずいた。

「そうだ。桜乃《さくらの》さん、前《まえ》に三井《みつい》くんのための動画《どうが》で市野《いちの》さんのメッセージを撮影《さつえい》していたよね？」

「うん。」

「それならこれが使《つか》えるかも。」

早乙女《さおとめ》くんがカバンからノートパソコンを取《と》りだした。

「すげー、おまえのか？」

「まあね。」

「うちの企業《きぎょう》で開発中《かいはつちゅう》のアプリで、声《こえ》でストレス度《ど》をチェックできるものがあるんだ。」

「声《こえ》でストレスがわかるの？」

「声《こえ》の周波数《しゅうはすう》を分析《ぶんせき》すると、体調《たいちょう》やストレスの度合《どあ》いがわかるという研究《けんきゅう》があるんだ。まだ試作段階《しさくだんかい》だけど、将来的《しょうらいてき》には健康診断《けんこうしんだん》とか企業《きぎょう》の従業員《じゅうぎょういん》の健康状態《けんこうじょうたい》を管理《かんり》したりするのに導入《どうにゅう》できないか検討《けんとう》しているんだ。」

「へえ～。」

「動画《どうが》でも測定《そくてい》できるから、市野《いちの》さんのメッセージ動画《どうが》を送《おく》ってほしい。」

わたしはスマホで撮《と》った動画《どうが》を早乙女《さおとめ》くんのパソコンアドレスに送《おく》った。

そういえば動画《どうが》を撮《と》ったとき、目《め》の前《まえ》にはわたししかいないのに、市野《いちの》さんはすっごく緊張《きんちょう》していたな。つっかえてしまって何度《なんど》も撮《と》りなおしをしたんだ。

きっと、すっごくあがり性《しょう》なんだろうな。

早乙女《さおとめ》くんがアプリに動画《どうが》の音声《おんせい》を入力《にゅうりょく》する。画面《がめん》のグラフが赤色《あかいろ》に変《か》わった。

「どうやらストレス度《ど》が高《たか》いみたいだね。」

「ほらな。きっとなんかこまりごとがあるにちがいない。」

小野寺《おのでら》くんはドヤ顔《がお》をした。

ストレスか……。もしかして、あのＳＯＳ《エスオーエス》は学校《がっこう》に来《き》たくないっていう市野《いちの》さんのさけびだったの？

もしかしたら、自己紹介《じこしょうかい》のときにみんなから笑《わら》われたこと、気《き》にしているのかもしれない。

それならわたしたちが市野《いちの》さんの家《いえ》にお見舞《みま》いに行《い》くことで、学校《がっこう》に来《き》やすくなるかも？

「やっぱり、行《い》くしかないな。とりあえず先生《せんせい》に市野《いちの》の住所《じゅうしょ》聞《き》きに行《い》くぞ。」

小野寺《おのでら》くんはまるでわたしたちのリーダーかのごとく得意《とくい》げに言《い》った。

職員室《しょくいんしつ》のとびらを開《あ》けると、窓際《まどぎわ》にすわっている鈴木先生《すずきせんせい》はいそがしそうにテストの採点《さいてん》をしていた。

小野寺《おのでら》くんはずんずん先生《せんせい》のところまで歩《ある》いていく。

「どうしたの？」

先生《せんせい》が採点《さいてん》の手《て》を止《と》めてやさしく聞《き》いた。いそがしいのかいつもより寝《ね》ぐせがひどい気《き》がする。

「市野《いちの》さんはカゼをひいて休《やす》んでいるんですか？」

と早乙女《さおとめ》くんが聞《き》いた。

「心配《しんぱい》してくれてるんだな。どうも体調《たいちょう》をくずしているらしい。」

「市野《いちの》の住所《じゅうしょ》を教《おし》えてほしいんや。オレたちお助《たす》け係《がかり》が様子《ようす》を見《み》に行《い》こう思《おも》てな！」

先生《せんせい》はあきらかにこまった顔《かお》をした。

「小野寺《おのでら》くんたちのクラスメイトを思《おも》う気持《きも》ちはいいことだと思《おも》うよ。だけど、住所《じゅうしょ》は教《おし》えられない。」

「なんでや！　小学校《しょうがっこう》のときは、休《やす》んでるやつがおったら顔《かお》を見《み》に行《い》って、元気《げんき》かどうかたしかめとったんや。」

「それは、おたがいの家《いえ》の場所《ばしょ》を知《し》っていたからじゃないかな？」

「そうやけど。」

「うちの学校《がっこう》は家《いえ》が遠《とお》くて電車《でんしゃ》で通《かよ》っている子《こ》もいるし、住所《じゅうしょ》は個人情報《こじんじょうほう》だから教《おし》えるわけにはいかないんだよ。」

小野寺《おのでら》くんがくいさがる。

「そやかてこれは慈善活動《じぜんかつどう》なんや！　犯罪《はんざい》するつもりちゃうで！」

「ごめんね。それでも教《おし》えられないんだよ。」

小野寺《おのでら》くんはむっとして、

「しゃーないな、もどるぞ。」

と言《い》うと、くるっと出入《でい》り口《ぐち》のほうに向《む》きなおった。

あれ？　あきらめたのかな？

わたしたちは職員室《しょくいんしつ》をあとにした。


教室《きょうしつ》にもどった小野寺《おのでら》くんはせきを切《き》ったように怒《おこ》りだした。

「あのわからずやめ。クラスメイトの住所《じゅうしょ》ぐらいなんで教《おし》えられへんねん！　けど、オレはあかんって言《い》われたときほど、燃《も》える男《おとこ》なんや！　こうなったら絶対《ぜったい》、市野《いちの》の家《いえ》を見《み》つけだしてみせる！」

そう言《い》いながら、小野寺《おのでら》くんは教壇《きょうだん》に上《あ》がり、みんなの注目《ちゅうもく》を集《あつ》めるためにバーンと黒《こく》板《ばん》をたたいた。

「だれか市野《いちの》の家《いえ》がどこにあるか知《し》ってるやつおらんか？　市野《いちの》は凜星学園《りんせいがくえん》の初等部《しょとうぶ》に通《かよ》ってたんやから知《し》っとるやろ？」

「市野《いちの》さんねえ。おとなしくてあんまり友《とも》だちいなかったからねー。」

「そうそう。わたしも凜星学園《りんせいがくえん》の初等部《しょとうぶ》だったけど、このクラスになってはじめて市野《いちの》さんのこと知《し》ったくらいだし。」

「わたしも、初等部《しょとうぶ》にいたんだーってびっくりしたよ。」

女《おんな》の子《こ》たちが口々《くちぐち》に答《こた》えた。

「小学校《しょうがっこう》のときは学校《がっこう》にちゃんと来《き》てたんか？」

「うーん。たぶん？」

小野寺《おのでら》くんはこまったように頭《あたま》をかいた。

「なんや、だれも知《し》らんのかい。ちゅーか、おまえも同《おな》じ初等部《しょとうぶ》やったんやろ？　なんか知《し》らんのか？」

小野寺《おのでら》くんが早乙女《さおとめ》くんに話《はなし》をふった。

「家《いえ》までは知《し》らないけど、たしかひとつ上《うえ》のお兄《にい》さんがこの学校《がっこう》にいるはずだよ。」

「ほんまか？」

「委員会活動《いいんかいかつどう》でいっしょになったことがあるんだ。市野亮《いちのりょう》っていう人《ひと》。」

「よっしゃ！　これで住所《じゅうしょ》がわかったも同然《どうぜん》や。今《いま》こそ、お助《たす》け係《がかり》が華々《はなばな》しい活躍《かつやく》をするチャンス。不登校《ふとうこう》から市野《いちの》を救《すく》うんや！」

「いや、まだ不登校《ふとうこう》かはわからないだろ。」

早乙女《さおとめ》くんが冷静《れいせい》にツッコミを入《い》れた。


放課後《ほうかご》、小野寺《おのでら》くんとわたしで市野《いちの》さんの家《いえ》に行《い》くことになった。

早乙女《さおとめ》くんは企業《きぎょう》のレセプションパーティーに参加《さんか》する用事《ようじ》があるから、今日《きょう》はパスだって。

市野《いちの》さんのお兄《にい》さんのクラスをつきとめたわたしたちは、教室《きょうしつ》を出《で》ていく姿《すがた》をたしかめると、あとをつけた。

市野《いちの》さんのお兄《にい》さんは背《せ》が高《たか》くてめがねをかけていて、どことなく市野《いちの》さんに雰囲気《ふんいき》が似《に》ている。

そのまま学校《がっこう》を出《で》ると、市野《いちの》さんのお兄《にい》さんの後《うし》ろを10メートルくらい間《あいだ》をあけて歩《ある》いていった。

これって、尾行《びこう》ってやつじゃ……。

それに、先生《せんせい》が住所《じゅうしょ》を教《おし》えてくれなかったのに勝手《かって》に来《き》ちゃって大丈夫《だいじょうぶ》かなあ……。

「桜乃《さくらの》、なにビクビクしてんねん。」

「だ、だって、あとをつけるなんて……。」

「びびりやなあ。大丈夫《だいじょうぶ》や。市野《いちの》のためなんやから。」

「………。」

ほんとにそうかなあ……。

学校《がっこう》から歩《ある》くこと15分《ふん》。

住宅街《じゅうたくがい》の一角《いっかく》にある一軒家《いっけんや》に市野《いちの》さんのお兄《にい》さんは入《はい》っていった。私立《しりつ》に通《かよ》う子《こ》で学校《がっこう》からこんなに家《いえ》が近《ちか》いのはめずらしい。

「あれが市野《いちの》の家《いえ》か。なんやうちの近所《きんじょ》やないか。」

小野寺《おのでら》くんが言《い》った。小野寺《おのでら》くんは中学生《ちゅうがくせい》になって大阪《おおさか》から学校《がっこう》の近《ちか》くに引《ひ》っこしてきたんだ。

「やっぱ、やめておこうよ……。」

わたしはインターフォンのボタンをおそうとする小野寺《おのでら》くんを止《と》めた。

「なんでや。」

「だって、もしかすると、市野《いちの》さんはクラスメイトに来《き》てほしくないかもしれないし。」

「はあ？　んなわけないやろ。」

自分《じぶん》の考《かんが》えがあたりまえみたいに言《い》う小野寺《おのでら》くんに、むっとした。

「小野寺《おのでら》くんって、ちょっとデリカシーがないと思《おも》う。」

「デ、デリカシーやて!?」

そのとき。

玄関《げんかん》から市野《いちの》さんのお母《かあ》さんが出《で》てきた。

わたしたちは、はっとして市野《いちの》さんのお母《かあ》さんを見《み》つめた。

「あら？　凜星学園《りんせいがくえん》の子《こ》かしら？」

市野《いちの》さんのお母《かあ》さんが制服姿《せいふくすがた》のわたしたちを見《み》て言《い》った。

「そのとおり、凜星学園《りんせいがくえん》のヒーローこと小野寺《おのでら》――。」

「あ、あの、あみりさんのクラスメイトの桜乃《さくらの》です。」

小野寺《おのでら》くんが関係《かんけい》ないことをべらべら話《はな》しだしそうになったから、あわてて割《わ》って入《はい》った。

若《わか》くてやさしそうなお母《かあ》さん。

「市野《いちの》が休《やす》んでいるからお見舞《みま》いに来《き》たんや！」

小野寺《おのでら》くんが言《い》うと、

「まあ、わざわざありがとう。」

市野《いちの》さんのお母《かあ》さんは、わたしたちのことを歓迎《かんげい》している感《かん》じだった。

「あの……、あみりさん、大丈夫《だいじょうぶ》ですか？」

わたしはおそるおそる聞《き》いた。

「新生活《しんせいかつ》でちょっと緊張《きんちょう》しちゃったみたいね。少《すこ》しカゼをこじらせてしまって、お休《やす》みしていたんだけど、もうずいぶん元気《げんき》になったのよ。もうすぐ登校《とうこう》できるから、心配《しんぱい》しないでね。」

よかった。不登校《ふとうこう》でも大《だい》ピンチでもなく、ただのカゼだったんだ。

わたしはほっと胸《むね》をなでおろした。


わたしと小野寺《おのでら》くんは来《き》た道《みち》をとぼとぼ帰《かえ》っていく。

「とりこし苦労《ぐろう》って感《かん》じやな。ただのカゼや言《ゆ》うてたし。」

わたしはうなずいた。

「まあ、でも、よかったわ。なんものうて。声《こえ》の分析《ぶんせき》で高《こう》ストレスの判定《はんてい》が出《で》たんも、学校生活《がっこうせいかつ》に緊張《きんちょう》してただけなんかもな。」

小野寺《おのでら》くんが道端《みちばた》に落《お》ちている小石《こいし》をけりながら言《い》う。

そのとき、

「おーい、千秋《ちあき》にい！」

小《ちい》さな男《おとこ》の子《こ》が手《て》をふってこちらにかけてきた。まさに小野寺《おのでら》くんを小《ちい》さくした感《かん》じ。

「おお、智希《ともき》！あれ、オレの弟《おとうと》やねん。小学《しょうがく》3年生《ねんせい》や。」

智希《ともき》くんといっしょにこげ茶《ちゃ》の毛玉《けだま》みたいなかたまりが突進《とっしん》してくる。

「た、たぬき？」

「なんでやねん！　犬《いぬ》や！　ポメラニアンの虎太郎《こたろう》や！」

虎太郎《こたろう》はふさふさのしっぽをブンブンふってわたしの足元《あしもと》をかけまわった。

わたしがしゃがみこむと、虎太郎《こたろう》はひざに前足《まえあし》をデーンとのっけてきた。

「ポメラニアンにはきつね顔《がお》とたぬき顔《がお》がいるらしい。こいつはたぬき顔《がお》やな。」

わたしはうなずいた。犬《いぬ》って言《い》われなきゃ、たぬきに見《み》えなくもない。

「まさか半年《はんとし》でここまで大《おお》きなるとはな。この犬《いぬ》はな、オレが助《たす》けたんやで。」

「助《たす》けたって？」

「オレの武勇伝《ぶゆうでん》、聞《き》きたいか？」

わたしはうなずく。

「それは、去年《きょねん》のオープンスクールの日《ひ》のことや。とつぜん、女子《じょし》がたおれたかと思《おも》ったら、河川敷《かせんしき》で子犬《こいぬ》がいじめられてるから助《たす》けてほしいってオレに言《ゆ》うたんや。オレは女子《じょし》を他《ほか》の人《ひと》に託《たく》して、河川敷《かせんしき》にかけつけた。

そしたら、子犬《こいぬ》の鳴《な》き声《ごえ》が聞《き》こえてきて。なんとその子犬《こいぬ》は川《かわ》に落《お》っこちとったんや。

流《なが》されそうになるところを倒木《とうぼく》の枝《えだ》にかろうじてつかまってた。そこで、オレが危機一《きき いっ》髪《ぱつ》！　こいつを助《たす》けだしたってわけ。

捨《す》て犬《いぬ》やったから、そのままオレが飼《こ》うてるんや。せやから、オレは虎太郎《こたろう》の命《いのち》の恩人《おんじん》ちゅーわけ。」

わたしは小野寺《おのでら》くんがものすごく得意《とくい》げに語《かた》る武勇伝《ぶゆうでん》を、心臓《しんぞう》が破裂《はれつ》しそうなほどドキドキしながら聞《き》いていた。

だって、それって、もしかして。

あのとき、わたしがSOS《エスオーエス》で視《み》た子犬《こいぬ》を、小野寺《おのでら》くんが助《たす》けてくれたってこと？

毛《け》むくじゃらでうもれかけの黒《くろ》い瞳《ひとみ》と目《め》が合《あ》った。

わたしは思《おも》わず虎太郎《こたろう》をだきしめた。

ふわふわしてお日《ひ》さまのにおいがする。

「無事《ぶじ》だったんだ……。」

うれしくて涙《なみだ》があふれてきた。

「どうしたん？」

智希《ともき》くんがわたしの顔《かお》をのぞきこむ。

「うわああ！　泣《な》いてるで！」

おおげさに、茶化《ちゃか》すようにのけぞった。

「な、泣《な》いてないよ。」

あわてて袖《そで》で涙《なみだ》をぬぐう。

「なんや、カンドーの再会《さいかい》って感《かん》じやな。ん、再会《さいかい》？」

小野寺《おのでら》くんは自分《じぶん》の言葉《ことば》に引《ひ》っかかったらしく首《くび》をかしげた。

「キラーン。ひらめいたで。もしかして、桜乃《さくらの》が〝あんときの女子《じょし》〟か？」

胸《むね》がドクンと鳴《な》った。

「ち、ちが、う。」

しどろもどろで答《こた》える。

小野寺《おのでら》くんのキラキラした瞳《ひとみ》とぱっちり目《め》が合《あ》った。

やばい。

わたしはあわてて顔《かお》をそらした。

小野寺《おのでら》くんが疑惑《ぎわく》の目《め》を向《む》けてつめよってくる。

「あ・や・し・い。もしや、なんかかくしてるな？」

バチッと心臓《しんぞう》に衝撃《しょうげき》が走《はし》った。

もうだめだ。ばれちゃった！

「おっ、小野寺《おのでら》くんにはカンケーないでしょっ！」

そうさけんで、その場《ば》から思《おも》いっきり走《はし》り去《さ》った。


公園《こうえん》にかけこんで、たおれるようにベンチにすわった。

やばい、やばい、やばい！

どうしてあんな態度《たいど》をとってしまったんだろう。

後悔《こうかい》がおしよせてくる。

よく考《かんが》えると、小野寺《おのでら》くんは「なにかをかくしてるかも」って思《おも》っただけで、能力《のうりょく》のことがばれたわけじゃない。

逆《ぎゃく》にあんな態度《たいど》をとってしまったせいで、なにかをかくしていることが決定的《けっていてき》になちゃった。

めちゃくちゃあやしいよね……。

どうしよう……。

うす暗《ぐら》くなった公園《こうえん》にひとりでいると、小学校《しょうがっこう》のときのつらい出来事《できごと》が頭《あたま》に浮《う》かんできた。


それは、４年生《ねんせい》のとき。

小学校《しょうがっこう》に入学《にゅうがく》して以来《いらい》、ニコイチみたいに仲《なか》の良《よ》かった親友《しんゆう》、麻衣《まい》とのことなんだ。

ある日《ひ》、麻衣《まい》がクラスのボス女子《じょし》にスーパーマーケットで万引《まんび》きするように命令《めいれい》されているところをＳＯＳ《エスオーエス》で視《み》てしまったんだ。

次《つぎ》の日《ひ》、万引《まんび》きがばれて、クラスで大問題《だいもんだい》になって。

ボス女子《じょし》はなにくわぬ顔《かお》で、麻衣《まい》の家《いえ》は貧乏《びんぼう》だから万引《まんび》きなんてするんだ、って言《い》って。

わたしは許《ゆる》せなくて、学級会《がっきゅうかい》で麻衣《まい》が万引《まんび》きを強要《きょうよう》されていたことをあばいたんだ。

だけど、SOS《エスオーエス》で視《み》ただけだから、証拠《しょうこ》はなくて。

ボス女子《じょし》の報復《ほうふく》がこわかったからなのか、麻衣《まい》は自分《じぶん》の意思《いし》で万引《まんび》きをしたって答《こた》えたんだ。

それから、わたしはみんなからウソつきあつかいをされて、いじめられるようになっちゃった。

麻衣《まい》に「どうして万引《まんび》きのことを知《し》ってたの？」ってあとから聞《き》かれて。

能力《のうりょく》のことを打《う》ち明《あ》けると、気味悪《きみわる》がられて麻衣《まい》からもさけられるようになった。

あんなに仲良《なかよ》くしていたのに。この能力《のうりょく》のせいで友情《ゆうじょう》が一瞬《いっしゅん》でこわれてしまったんだ。

だけど仕方《しかた》ないよね。ふつうの人《ひと》には見《み》えないものが視《み》えるなんて。みんなこわかったり、気味悪《きみわる》かったりするものだよね……。

それからは卒業《そつぎょう》までずっとひとりぼっちで小学校生活《しょうがっこうせいかつ》を送《おく》った。
だから、中学校《ちゅうがっこう》は知《し》り合《あ》いのいなそうな私立《しりつ》の学校《がっこう》を選択《せんたく》したんだ。
この能力《のうりょく》のことは、絶対《ぜったい》にだれにも言《い》えない。
小野寺《おのでら》くんだって、わたしにそんな能力《のうりょく》があるって知《し》ったらきっと……。
だけど、もうあんな態度《たいど》とっちゃったし、きっときらわれちゃったよね……。
いいんだ。友《とも》だちなんていらないもん。
もう二度《にど》と、あんな思《おも》いしたくないから――。

次《つぎ》の日《ひ》、おそるおそる学校《がっこう》に行《い》くと、くつ箱《ばこ》の前《まえ》で小野寺《おのでら》くんと鉢合《はちあ》わせした。
ドキン!
小野寺《おのでら》くんは、わたしを見《み》て声《こえ》をかけようとしてくれた。
だけど、わたしはそれを回避《かいひ》するように顔《かお》をそむけ、スタスタ教室《きょうしつ》に向《む》かった。
ズキズキ心《こころ》が痛《いた》いような、気《き》がする。

わたしは心《こころ》の中《なか》で頭《あたま》をぶんぶんふった。

ちがう。大丈夫《だいじょうぶ》だよ。痛《いた》いような気《き》がするだけだもん。

これでいいんだ。前《まえ》と同《おな》じ。

ひとりでいるのは、いつものことだもの。


休《やす》み時間《じかん》になると、小野寺《おのでら》くんはいつものように男子《だんし》とバカさわぎをして盛《も》り上《あ》がっていた。

わたしはポケットからおまもりのキーホルダーを取《と》りだして、じいっと見《み》つめた。

頭《あたま》の中《なか》でふわもこぷりんの「ポップコーン☆スター」を奏《かな》でる。

「わたしには　あの星《ほし》があるから　つよくなれるよ。」

歌詞《かし》を心《こころ》の中《なか》で口《くち》ずさんだ。

そうだよ、大丈夫《だいじょうぶ》。

わたしにはふわもこぷりんっていうキラキラかがやく星《ほし》があるもの。

ふわもこぷりんだけはわたしの絶対的推《ぜったいてきお》しなんだから！

そのとき、

「桜乃《さくらの》さん、きのう、小野寺《おのでら》となんかあった？」

ギクッ！

声《こえ》のほうを見《み》ると、いつのまにか早乙女《さおとめ》くんがとなりの席《せき》にすわってわたしを見《み》つめていた。

「なんか小野寺《おのでら》の様子《ようす》がおかしいから。カラ元気《げんき》っていうか。」

小野寺《おのでら》くんを横目《よこめ》で見《み》ながら言《い》った。

小野寺《おのでら》くんは図書室《としょしつ》で借《か》りた『早口《はやくち》ことば図鑑《ずかん》』の早口言葉《はやくちことば》を一発芸《いっぱつげい》のリストに加《くわ》えたらしく、みんなに披露《ひろう》している。

わたしがだまりこむと、

「まあ、いいんだけど。あ、ふわもこぷりん好《す》きなんだ。」

早乙女《さおとめ》くんがわたしの手《て》もとにあるキーホルダーを見《み》て聞《き》いた。

「うん。」

「オレもたまに動画《どうが》見《み》たりするよ。」

「そうなの？」

わたしが答《こた》えると、

「えー？　なになに？　なんの話《はなし》？」

クラスの女《おんな》の子《こ》たちがわらわら集《あつ》まってきた。

早乙女《さおとめ》くんと教室《きょうしつ》で話《はな》していると、こんなふうにだれかが入《はい》ってくることが多《おお》い。きっとみんな早乙女《さおとめ》くんと話《はな》したくて仕方《しかた》ないんだ。

「桜乃《さくらの》さんが、ふわもこぷりん好《す》きなんだって。」

早乙女《さおとめ》くんが笑顔《えがお》で答《こた》えた。

「ええ？　わたしも好《す》きー！」

「わたしも！」

そうなんだ！　好《す》きな人《ひと》がたくさんいてうれしいな。

「独特《どくとく》の声《こえ》がいいんだよね。」

「正体不明《しょうたいふめい》ってところも謎《なぞ》につつまれててかっこいいよね。」

最近《さいきん》では「歌《うた》い手《て》」は顔出《かおだ》しもするのが主流《しゅりゅう》。ファンサービスで顔出《かおだ》し配信《はいしん》をしたり、現実《げんじつ》のライブステージで顔出《かおだ》ししたりするんだ。

ふわもこぷりんは顔出《かおだ》し配信《はいしん》はもちろん、ライブもしたことがないし、私生活《しせいかつ》はまったくの謎《なぞ》につつまれている。

「どんな人《ひと》なのかなあ？」

放課後《ほうかご》、お助《たす》け係《がかり》の用事《ようじ》をしていると、早乙女《さおとめ》くんが思《おも》いだしたように言《い》った。

「そういえば、『ふわもこぷりんの正体《しょうたい》』っていう情報《じょうほう》がネットで高額《こうがく》で売《う》られてるのを見《み》たよ。」

「え？　ネットでふわもこぷりんの正体《しょうたい》が？」

わたしはおどろいて聞《き》いた。

「うん、1年半《ねんはん》くらい前《まえ》かな。まあ、今《いま》でも正体《しょうたい》があかされてないからガセだったのかもね。」

「へえ。」

「正体《しょうたい》まではわからないかもしれないけど、声紋《せいもん》を分析《ぶんせき》すれば、性別《せいべつ》とかどんな体格《たいかく》をしているかわかったりするよ。」

「声紋《せいもん》って？」

「声《こえ》の指紋《しもん》みたいなものでひとりひとりちがうんだ。動画《どうが》の音声《おんせい》でも声紋《せいもん》は調《しら》べられるから、専門家《せんもんか》に聞《き》いてあげるよ。」

「ええ？　専門家《せんもんか》って？」

「うちの企業《きぎょう》が、声《こえ》に関《かん》するアプリの開発《かいはつ》をしているって言《い》ったよね。その関係《かんけい》でコネがあるんだ。研究所《けんきゅうじょ》に送《おく》るから、ちょっと時間《じかん》がかかるかもしれないけど。」

わたしはドキドキしながら、ふわもこぷりんのアクリルキーホルダーをにぎりしめた。

もちろん、正体《しょうたい》を知《し》っていても知《し》らなくてもファンであることは永遠《えいえん》に変《か》わらないけれど。

どんな人《ひと》が歌《うた》っているのか、ちょっとでも知《し》ることができるならうれしい！

5 ヒーローとは

体育《たいいく》の授業《じゅぎょう》からもどるとき。ひとりで歩《ある》いていると、スロープで小野寺《おのでら》くんと鉢合《はちあ》わせした。

小野寺《おのでら》くんは、なにか言《い》いたそうな目《め》をわたしに向《む》けた。

だけど、わたしはとっさに目《め》をそらした。

うつむいてスタスタ歩《ある》く。

すると、小野寺《おのでら》くんはすれちがいざまに、わたしのうでをつかんだ。

「ちょっと来《こ》い！」

！

小野寺《おのでら》くんはわたしのうでをひっぱって、体育館《たいいくかん》の裏《うら》に連《つ》れていった。

「なんで怒《おこ》ってるねん。」

「……怒《おこ》ってないよ。」

そう答《こた》えながらも、心臓《しんぞう》がバクバクしている。

全身《ぜんしん》がこわばって、うまく表情《ひょうじょう》が作《つく》れない。

すると、小野寺《おのでら》くんがこまったように頭《あたま》をかいた。

「あのなあ、ようわからんけど。きのう、テンション上《あ》がってもうたのは、あんときの女《じょ》子《し》に会《あ》えたらなって、ずっと思《おも》ってたからやねん！」

「え？」

「きっと虎太郎《こたろう》のこと心配《しんぱい》してるやろ思《おも》て。あの日《ひ》、虎太郎《こたろう》を救出《きゅうしゅつ》したあと学校《がっこう》にもどったんや。けど、もう、女子《じょし》は見《み》つからんくて。虎太郎《こたろう》は無事《ぶじ》やで！　って伝《つた》えたかったんや。そやから、わるかったな。人《ひと》ちがいやのに勝手《かって》にテンション上《あ》がってもうて。」

「………。」

わたしは信《しん》じられない思《おも》いで小野寺《おのでら》くんを見《み》た。

小野寺《おのでら》くんの瞳《ひとみ》にはいつものように一点《いってん》の曇《くも》りもない。

そんなふうに思《おも》ってくれている人《ひと》がいたなんて、想像《そうぞう》もしていなかった。

思《おも》わず、あのときの女子《じょし》はわたしだって伝《つた》えたくなった。

だけど……、どうやって子犬《こいぬ》が河川敷《かせんしき》にいることを知《し》ったのかって聞《き》かれたら。

あの能力《のうりょく》のことは言《い》いたくない。

小野寺《おのでら》くんにきらわれるのは……こわい。

「桜乃《さくらの》ってさ、ときどき、なんや思《おも》いつめた顔《かお》しとるやろ。」

小野寺《おのでら》くんは心配《しんぱい》そうにわたしの顔《かお》をのぞきこんだ。

「オレはそういうのほっとかれへんタイプやねん。」

「ほっとかれへんタイプ？」

「そや、オレは1年《ねん》4組《くみ》のヒーローやから。」

まっすぐに自分《じぶん》がヒーローだって言《い》える小野寺《おのでら》くんにうしろめたさを感《かん》じた。

だって、わたしは助《たす》けを求《もと》める人《ひと》がいても、なんにもできないから。

「……ヒーローなんて……。そんなのアニメとか漫画《まんが》の世界《せかい》だけだよ。アンパンマンとかウルトラマンとか、名探偵《めいたんてい》コナンとか……。」

「桜乃《さくらの》、ヒーローは漫画《まんが》とか物語《ものがたり》の世界《せかい》だけやないで。」

「え？」

「オレのおとんは正真正銘《しょうしんしょうめい》のヒーローなんや。」

「おとんって？」

「なんや、おとんって言葉《ことば》知《し》らんのか？　おとんはお父《とう》さんって意味《いみ》や。オレのおとんは、救助隊《きゅうじょたい》をしてたんや。災害《さいがい》、火災《かさい》、テロ。どんなときでも、助《たす》けを求《もと》める人《ひと》を救助《きゅうじょ》する。人命救助《じんめいきゅうじょ》の最後《さいご》の砦《とりで》や。たとえ、どんなピンチなことが起《お》こったとしても、あきらめへんねん。オレもいつかおとんみたいになりたい。オレの志《こころざし》は通天閣《つうてんかく》より高《たか》い。」

通天閣《つうてんかく》……。たしか大阪《おおさか》にある展望塔《てんぼうとう》のことだよね。

「というわけやから、なんかこまったことがあったら、オレをたよれよ。オレがいれば大《だい》丈夫《じょうぶ》やから。」

小野寺《おのでら》くんはそう言《い》い残《のこ》して去《さ》っていった。

わたしは胸《むね》がドキンとしてその場《ば》に立《た》ち尽《つ》くした。

「たよれよ。」なんて言《い》われたのははじめてかもしれない。

お父《とう》さんとお母《かあ》さんには、お姉《ねえ》ちゃんなんだからしっかりしなさいっていつも言《い》われていたし。わたしになにかあったときは、お父《とう》さんもお母《かあ》さんも不安《ふあん》そうな顔《かお》をするばかりで、「大丈夫《だいじょうぶ》だよ。」なんて励《はげ》ましてくれることはなかった……。

わたしは小《ちい》さくなっていく小野寺《おのでら》くんの背中《せなか》をいつまでも見《み》つめていた。

物語《ものがたり》の中《なか》だけじゃない、ヒーロー。

小野寺《おのでら》くんはそういうヒーローになりたいんだ。

わたしも……、あんなふうにつよくなれればいいのに……。

6 事件《じけん》が視《み》えた！

その日《ひ》の放課後《ほうかご》。わたしは駅前《えきまえ》のショッピングセンターに向《む》かった。今日《きょう》はふわもこぷりんの限定《げんてい》グッズが発売《はつばい》される日《ひ》なんだ。

交差点《こうさてん》をわたろうとすると、ビルの上《うえ》の大《おお》きな街頭《がいとう》ビジョンにふわもこぷりんのアニメーション動画《どうが》が映《うつ》し出《だ》されていた。

うわあ、すご〜い！　かわいい！

わたしはスマホをかざしてパシャッと街頭《がいとう》ビジョンを撮影《さつえい》した。

なんだかひさしぶりにしあわせな気分《きぶん》。

心配《しんぱい》していた市野《いちの》さんもただのカゼだったみたいだし、大《だい》ピンチにおちいってるってわけじゃなかった。

もしかすると、あの能力《のうりょく》は現実《げんじつ》を見《み》せるものではなくなったのかもしれない。

小野寺《おのでら》くんとも和解《わかい》できたし。

わたしの運勢《うんせい》もいいふうに変《か》わってきたのかも。

そのとき、交差点《こうさてん》の先《さき》の銀行《ぎんこう》の自動《じどう》ドアから市野《いちの》さんのお母《かあ》さんが出《で》てくるのを見《み》つけた。

トランクケースを持《も》っている。

わたしが目《め》で追《お》っていると、

「桜乃《さくらの》さん。」

と、肩《かた》をポンッとたたかれた。

はっとふりむくと、早乙女《さおとめ》くんが笑顔《えがお》で立《た》っていた。

「ごめんね、びっくりさせて。」

わたしは首《くび》を横《よこ》にふった。

「なにしてるの?」

「ちょっとお買《か》い物《もの》に。」

早乙女《さおとめ》くんのとなりには、背《せ》が高《たか》くてすらっとしたイケメンが立《た》っている。ピアスをしていてちょっとだけチャラい感《かん》じ。

「こちらは、オレの専属家庭教師《せんぞくかていきょうし》の明人《あきと》さん。大学生《だいがくせい》でサイバーセキュリティの研究《けんきゅう》をしているんだ。今《いま》から個別指導《こべつしどう》なんだけど、ちょっと車《くるま》を止《と》めてもらって、書店《しょてん》によっていたんだ。」

「こんにちは。」

明人《あきと》さんはわたしの目《め》を見《み》てほほえんだ。

「こ、こんにちは。」

緊張《きんちょう》して声《こえ》が裏返《うらがえ》ってしまう。

「名前《なまえ》はなんていうの？」

「さ、桜乃《さくらの》あかりです。」

「あかりちゃんか、かわいい名前《なまえ》だね。」

初対面《しょたいめん》の男性《だんせい》からあかりちゃんなんて呼《よ》ばれるのははじめて。はずかしすぎて思《おも》わず目《め》をそらしてしまった。

そのとき、視界《しかい》の端《はし》に市野《いちの》さんのお母《かあ》さんの姿《すがた》が入《はい》ってきた。

市野《いちの》さんのお母《かあ》さんは電話《でんわ》がかかってきたようで、ポケットからスマホを取《と》りだすと、耳《みみ》にあてながら路地裏《ろじうら》に入《はい》っていった。

どうしてあんなうす暗《ぐら》いところに入《はい》っていったんだろう。

そう思《おも》っていると、とつぜん。

ドクン　ドクン　ドクン
ドクン　ドクン　ドクン
だれかの鼓動《こどう》が聞《き》こえてきた。

まただ！

こんなときに？

いくらなげいたって、頭《あたま》の中《なか》に映像《えいぞう》は容赦《ようしゃ》なく流《なが》れこんでくるんだ。


路地裏《ろじうら》でスマホを見《み》つめる女《おんな》の人《ひと》。

なんだかいつもより映像《えいぞう》があらい。数日前《すうじつまえ》にもＳＯＳ《エスオーエス》を視《み》てしまったからかもしれない。

だけど、この姿《すがた》はまぎれもなく市野《いちの》さんのお母《かあ》さんだ！

手《て》がブルブルふるえている。

スマホには非通知《ひつうち》の着信画面《ちゃくしんがめん》。

電話《でんわ》に出《で》ると、機械《きかい》の合成音声《ごうせいおんせい》が流《なが》れだした。

イマ　ギンコウ　カラ　デテクル　トコロ　ヲ　カクニン　シタ

ケイサツ　ニハ　イッテ　イナイ　ヨウダ　ナ

コチラ　ハ　オマエ　ヲ　カンシ　シテ　イル

イチドメ　ノ　ミノシロキン　ウケワタシ　ニテ　タシカ　ニ　ゴセンマンエン　ハ　ウケトッタ

ノコリ　ゴセンマンエン　ニドメ　ノ　ミノシロキン　ノ　ウケワタシ　ニチジ　ガ

キマッタ
ミッカゴ　ゴゼン　レイジ
クリスタル　ヘイワ　ヒロバ
ゴセンマンエン　ヲ　ゲンキン　デ　モッテ　コイ

サイド　チュウコク　スル
ケイサツ　ニ　イエバ　イチノ　アミリ　ノ　イノチ　ハ　ナイ

抑揚《よくよう》のない機械音声《きかいおんせい》がそう告《つ》げたとたん、ツーツーツーと電話《でんわ》は切《き》れた。

それから1通《つう》のメール。

ふるえる手《て》がメールを開《ひら》く。

画像《がぞう》が添付《てんぷ》されている。画像《がぞう》を開《ひら》くと、市野《いちの》さんが手《て》と足《あし》をしばられてぐったりしている写真《しゃしん》がスマホの画面《がめん》に映《うつ》った！

「うう。」

頭《あたま》がガンガンする。前《まえ》にSOS《エスオーエス》を視《み》たときよりもひどい。

ふらふらしていると、明人《あきと》さんが支《ささ》えてくれた。

「桜乃《さくらの》さん！　大丈夫《だいじょうぶ》？」

「ちょっとどこかで休《やす》んだほうがいいかも。」

早乙女《さおとめ》くんと明人《あきと》さんの声《こえ》がだんだん遠《とお》くなっていった。

目覚《めざ》めると、となりに早乙女《さおとめ》くんがすわっていた。

車《くるま》の中《なか》にいるみたい。

「あ、気《き》が付《つ》いたね。」

早乙女《さおとめ》くんがほっとした様子《ようす》でわたしを見《み》た。

「今《いま》、病院《びょういん》に向《む》かってるから。」

車《くるま》を運転《うんてん》している明人《あきと》さんが言《い》った。

病院《びょういん》??

わたしはぶんぶん首《くび》を横《よこ》にふった。

「い、いえ、大丈夫《だいじょうぶ》です。貧血《ひんけつ》でたまにふらふらすることがあるんです。休《やす》めば大丈夫《だいじょうぶ》ですから。」

しどろもどろにとっさに思《おも》いついた言《い》い訳《わけ》をした。だって、病院《びょういん》に行《い》くなんてことになったら、お母《かあ》さんも心配《しんぱい》するだろうし。

「それならいいんだけど。家《いえ》まで送《おく》るね。」

ほんとうは家《いえ》の近《ちか》くのコンビニでおろしてほしいけど、これ以上《いじょう》、ふたりの親切《しんせつ》をことわりたくなくて。

「ありがとうございます……。」

ってすなおに答《こた》えた。

家《いえ》の前《まえ》に着《つ》くと、わたしは家族《かぞく》に見《み》つからないことを祈《いの》りながら、早乙女《さおとめ》くんと明人《あきと》さんにお礼《れい》を言《い》って、いちもくさんに家《いえ》に入《はい》っていった。

わたしはそのまま自分《じぶん》の部屋《へや》へ直行《ちょっこう》して、電気《でんき》もつけずにすみっこにうずくまった。

心臓《しんぞう》がドクドク打《う》っている。

市野《いちの》さんは誘拐《ゆうかい》されている？

そんなのありえない！

カゼをこじらせて家《いえ》にいるんじゃなかったの？

ピアノの前《まえ》にすわった市野《いちの》さんの後《うし》ろ姿《すがた》が浮《う》かんでくる。

もしかすると、あのとき、すでに事件《じけん》に巻《ま》きこまれてたってこと？

SOS《エスオーエス》を視《み》たときに、すぐに音楽室《おんがくしつ》に行《い》って手《て》を差《さ》しのべていれば、誘拐《ゆうかい》されるのを止《と》められた？

たくさんの疑問《ぎもん》が頭《あたま》の中《なか》に浮《う》かんできてパニック！

機械《きかい》の読《よ》み上《あ》げる音声《おんせい》が頭《あたま》の中《なか》によみがえってくる。

こわい……。

体《からだ》がガクガクふるえてきた。

だけど……、市野《いちの》さんと市野《いちの》さんのお母《かあ》さんは、今《いま》、もっとこわい思《おも》いをしているんだよね。
身代金《みのしろきん》のうけわたしは3日後《みっかご》……。
市野《いちの》さんのためにわたしになにかできることはある？
真《ま》っ暗《くら》な部屋《へや》に重《おも》い沈黙《ちんもく》がただよう。
ムリだよ。わたしにできることはない。
だけど、そのとき。
「なんかこまったことがあったら、オレをたよれよ。」
そう言《い》って笑《わら》った小野寺《おのでら》くんの顔《かお》が浮《う》かんだんだ。

7 あかりの決意《けつい》

次《つぎ》の日《ひ》の昼休《ひるやす》み。

わたしは旧校舎《きゅうこうしゃ》にある裏庭《うらにわ》の木《こ》かげで小野寺《おのでら》くんを待《ま》っていた。

ここならだれにも聞《き》かれることはないはず。

今朝《けさ》、小野寺《おのでら》くんのくつ箱《ばこ》に「話《はなし》があるから来《き》てほしい。」って手紙《てがみ》を入《い》れておいたんだ。

小野寺《おのでら》くんは、きっと来《き》てくれるはず。そう思《おも》ったとき、

「桜乃《さくらの》。」

はっ！

背後《はいご》から呼《よ》びかけられて、わたしはびくっとしてふりかえった。

小野寺《おのでら》くんがポケットに手《て》をつっこんで、こっちを見《み》つめている。
「なんやこんなとこ呼《よ》びだして。告白《こくはく》か？」
小野寺《おのでら》くんがおどけて言《い》った。
こ、告白《こくはく》……？
胸《むね》がドキンとした。
告白《こくはく》っていうのは、あの愛《あい》の告白的《こくはくてき》な意味《いみ》の？
そんなバカな！
だけど、告白《こくはく》には、秘密《ひみつ》を打《う》ち明《あ》けるって意味《いみ》もある。
そうだよ。変《へん》にかんちがいしたら、小野寺《おのでら》くんにも悪《わる》いよ。
小野寺《おのでら》くんは、秘密《ひみつ》を打《う》ち明《あ》けるほうの告白《こくはく》かって聞《き》いてるんだよね？
うん、絶対《ぜったい》そうだ！
わたしはすうーっと深呼吸《しんこきゅう》して、こくりとうなずいた。
「な、なぬ？」
小野寺《おのでら》くんが目《め》を白黒《しろくろ》させている。

うう。どうしよう。小野寺《おのでら》くんがこまってる。

だけど、もう引《ひ》けない。

わたしは意《い》を決《けっ》して切《き》りだした。

「実《じつ》は……。」

小野寺《おのでら》くんがごくりとのどを鳴《な》らす音《おと》が聞《き》こえる。

「虎太郎《こたろう》のことなんだけど……。」

小野寺《おのでら》くんが大《おお》げさにガクッとこけた。

「はあ？　虎太郎《こたろう》？」

わたしがうなずくと、小野寺《おのでら》くんはふうーっと息《いき》をついた。

「なんやあせってそんしたわ。ほんで、虎太郎《こたろう》がどうしてん？」

「あのね、小野寺《おのでら》くんが言《い》っていた、〝あのときの女子《じょし》〟はわたしなの！」

小野寺《おのでら》くんが目《め》を見開《みひら》いた。

「ああ！　やっぱり、そうやったんか！　でも、それやったら、なんであのときだまってたんや？」

「それは……知《し》られたくないことがあったから……。でも、今《いま》は、そのこと……、小野寺《おのでら》くんに打《う》ち明《あ》けたい。」

わたしは小野寺《おのでら》くんの瞳《ひとみ》をまっすぐに見《み》つめた。

小野寺《おのでら》くんがふたたび緊張《きんちょう》した顔《かお》つきになる。

「実《じつ》はわたし……、昔《むかし》から変《へん》な能力《のうりょく》があって。」

「変《へん》な能力《のうりょく》？」

「うん、特殊能力《とくしゅのうりょく》みたいな感《かん》じなんだけど……。助《たす》けを求《もと》めている人《ひと》の姿《すがた》が頭《あたま》の中《なか》に視《み》えるんだ。あの日《ひ》、子犬《こいぬ》の姿《すがた》が頭《あたま》の中《なか》に視《み》えて、それで小野寺《おのでら》くんに助《たす》けてほしいって……。」

言葉《ことば》にすればするほど、それが現実離《げんじつばな》れした能力《のうりょく》すぎて、どんどん不安《ふあん》になって声《こえ》がつまっていく。

かろうじて話《はな》し終《お》えると、

「ってことは、桜乃《さくらの》の特殊能力《とくしゅのうりょく》とオレの抜群《ばつぐん》の運動神経《うんどうしんけい》で虎太郎《こたろう》を救《すく》ったってことか？」

小野寺《おのでら》くんが聞《き》いた。

わたしはゆっくりとうなずいた。

すると、

「すごいやないか！　最強《さいきょう》や！」

小野寺《おのでら》くんはわたしの両肩《りょうかた》をつかんだ。

目《め》の前《まえ》にキラキラした瞳《ひとみ》！

「桜乃《さくらの》、オレたちが組《く》めば、世界征服《せかいせいふく》も夢《ゆめ》やないで！」

そ、それはムリッ！

「それにしても、なんで、そないすごい能力《のうりょく》があるのにかくすんや？」

「それは……。」

一瞬《いっしゅん》まよったけれど、そのことも打《う》ち明《あ》けることにした。

わたしは小学生《しょうがくせい》のときのいじめのことを話《はな》した。

「だから、同《おな》じ小学校《しょうがっこう》の子《こ》がいなそうな私立《しりつ》の中学《ちゅうがく》を受験《じゅけん》したの。新《あたら》しい学校《がっこう》では、特殊《とくしゅ》能力《のうりょく》のことをかくしてすごそうって……。」

すると、小野寺《おのでら》くんはいつものおどけた感《かん》じから一転《いってん》、わたしのことを真剣《しんけん》な目《め》で見《み》つめた。

「桜乃《さくらの》がおらんかったら、虎太郎《こたろう》は今《いま》ごろ、この世《よ》におらんかったかもしれんねんぞ。」

「…………」

「オレはその力《ちから》、めっちゃすごいと思《おも》う。桜乃《さくらの》のこと、傷《きず》つけるやつがいたらオレが守《まも》る。これからは安心《あんしん》せいよ。」

ドキン。

胸《むね》が鳴《な》った。

氷《こおり》のようにこおった心《こころ》が温《あたた》かい光《ひかり》でとけていく。

ずっと待《ま》っていたのかもしれない。こんなふうに言《い》ってくれるだれかのことを。

ひとりじゃない、そう思《おも》うと、すっごく心強《こころづよ》かった。

そのとき、

「オレだけ仲間外《なかまはず》れはひどくない？」

どこからか声《こえ》を投《な》げかけられた。

「だれや！」

キョロキョロすると、木《こ》かげから早乙女《さおとめ》くんが出《で》てきた。

「びっくりさすなや！　っていうかおまえ！　盗《ぬす》み聞《ぎ》きしとったんか！」

「小野寺《おのでら》が教室《きょうしつ》を出《で》ていくとき、あまりにもぎこちなくうろたえていたから、不審《ふしん》に思《おも》ってつけてみたんだ。」

小野寺《おのでら》くんの顔《かお》が真《ま》っ赤《か》になった。

「プライバシーの侵害《しんがい》や！　女子《じょし》から呼《よ》びだされてうろたえてたわけちゃうぞ！」

「わかってるって、ヒーロー。」

「はあああああ？？？」

早乙女《さおとめ》くん、あおるなあ……。

「桜乃《さくらの》さんも勝手《かって》に聞《き》いてしまって、ごめん。」

早乙女《さおとめ》くんがわたしを見《み》て謝《あやま》った。そして、

「秘密《ひみつ》を聞《き》いてしまった以上《いじょう》、オレも桜乃《さくらの》さんのこと守《まも》るから。」

そう言《い》って、さわやかな王子《おうじ》さまスマイルでほほえんだ。

ドキッ！

「だけど、ここまでかくしていた能力《のうりょく》を打《う》ち明《あ》けたってことは、伝《つた》えざるをえない状況《じょうきょう》ってことだよね。なにかを視《み》てしまった、とか。」

早乙女《さおとめ》くんに聞《き》かれ、わたしはうなずいた。

「実《じつ》は……、市野《いちの》さんのことなんだけど……、誘拐《ゆうかい》されているかもしれない。」

「ゆ、誘拐《ゆうかい》やて？？？」

小野寺《おのでら》くんの声《こえ》がひっくりかえった。

わたしは市野《いちの》さんが誘拐《ゆうかい》されているのを視《み》てしまったことを伝《つた》えた。

身代金計《みのしろきんけい》1億円《おくえん》の要求《ようきゅう》、期限《きげん》はあと2日《ふつか》。

小野寺《おのでら》くんと早乙女《さおとめ》くんが息《いき》をのむ。

「だけど、そのSOS《エスオーエス》で視《み》た市野《いちの》さんの画像《がぞう》が本物《ほんもの》かどうかはわからないな。最近《さいきん》は生成《せいせい》AI《エーアイ》を使《つか》った犯罪《はんざい》も増《ふ》えているから。」

「生成《せいせい》えーあいぃ？」

小野寺《おのでら》くんが聞《き》く。

「生成人工知能《せいせいじんこうちのう》。テキストを打《う》ちこむと、人工知能《じんこうちのう》がそのテキストに合《あ》ったフェイク動画《どうが》や画像《がぞう》、音声《おんせい》を作《つく》りだすんだ。市野《いちの》さんの誘拐《ゆうかい》されている画像《がぞう》もフェイク画像《がぞう》という可能《かのう》性《せい》もある。オレオレ詐欺《さぎ》みたいな特殊詐欺《とくしゅさぎ》では、こういうフェイク画像《がぞう》や音声《おんせい》でターゲットを混乱《こんらん》させてお金《かね》をふりこませるっていうのもあるらしいし。」

あれがフェイク画像《がぞう》の可能性《かのうせい》！ そんなの思《おも》いつきもしなかった……。

「そういえば、前《まえ》にふたりでお見舞《みま》いに行《い》ってただろ。そのときの様子《ようす》はどうだった？」

「あのときは会《あ》ってないよ。」

「それじゃあ、やっぱり本物《ほんもの》の画像《がぞう》かもしれないな。そのときすでに誘拐《ゆうかい》されていた可能《かのう》性《せい》もある。」

「ええ？ でも市野《いちの》さんのお母《かあ》さんはカゼをこじらせてるだけって言《い》ってたよ。」

「誘拐《ゆうかい》されているのをかくすためかもしれない。」

「そっか！ 犯人《はんにん》からの脅迫電話《きょうはくでんわ》でも、警察《けいさつ》に言《い》えば市野《いちの》さんの命《いのち》はないって言《い》っていた！」

「とにかく、この事件《じけん》を解決《かいけつ》するには、調査《ちょうさ》が必要《ひつよう》や。」

小野寺《おのでら》くんが、いかにも名探偵《めいたんてい》っぽくその場《ば》をまとめた。

「今日《きょう》、学校《がっこう》が終《お》わったらすぐに市野《いちの》さんの家《いえ》に行《い》ってみよう。」

わたしたちはうなずいた。


放課後《ほうかご》。

3人《にん》で市野《いちの》さんの家《いえ》に行《い》くと、前《まえ》に来《き》たときのようにやさしそうなお母《かあ》さんがわたしたちをむかえてくれた。

「まいど！　凜星学園《りんせいがくえん》のヒーローこと……。」

「あの。もうすぐ実力《じつりょく》テストがあるので、そのこととか、会《あ》って伝《つた》えたいんですけど。」

わたしは小野寺《おのでら》くんをさえぎってあらかじめ決《き》めておいた訪問理由《ほうもんりゆう》を言《い》った。

「まだカゼが完全《かんぜん》には治《なお》っていないから。うつるとよくないし。」

市野《いちの》さんのお母《かあ》さんはこまった顔《かお》で言《い》った。

「大丈夫《だいじょうぶ》や！　オレ、小《しょう》1以来《いらい》、カゼなんかひいたことないから。」

「ごめんなさいね。あみりは今《いま》、お薬《くすり》を飲《の》んで寝《ね》たばかりだから。」

わたしたちは顔《かお》を見合《みあ》わせた。

「用事《ようじ》があるから悪《わる》いけど、ごめんなさいね。」

市野《いちの》さんのお母《かあ》さんはドアを閉《し》めようとした。

そのとき、ピピピと、市野《いちの》さんのお母《かあ》さんのエプロンのポケットでスマホが鳴《な》りだした。

市野《いちの》さんのお母《かあ》さんは、スマホの画面《がめん》を見《み》るやいなや青《あお》ざめて固《かた》まってしまった。

すると、すかさず早乙女《さおとめ》くんが聞《き》いた。

「なにか、あったんですか？」

その一言《ひとこと》で場《ば》がこおりついた。

市野《いちの》さんのお母《かあ》さんが目《め》を見開《みひら》いて、早乙女《さおとめ》くんをにらんだ。

スマホの着信音《ちゃくしんおん》が止《と》まった。市野《いちの》さんのお母《かあ》さんが表情《ひょうじょう》をとりつくろう。

「なんでもないのよ。もう用事《ようじ》があるから。」

そう言《い》って、ポケットにスマホをもどすと、わたしたちに帰《かえ》るようにうながした。

帰《かえ》り道《みち》、3人《にん》で歩《ある》いていると、早乙女《さおとめ》くんが切《き》りだした。

「あんまり情報《じょうほう》は得《え》られなかったな。作戦失敗《さくせんしっぱい》。」

「作戦《さくせん》？」

「あの電話《でんわ》をかけるように手配《てはい》したのオレなんだ。」

⁇

わたしと小野寺《おのでら》くんは意味《いみ》がわからずきょとんとした。

「市野《いちの》さんの保護者《ほごしゃ》の連絡先《れんらくさき》を調《しら》べてもらったんだ。」

「ええ？　どうやって？」

「企業秘密《きぎょうひみつ》。オレには最強《さいきょう》の家庭教師《かていきょうし》がいるから。」

家庭教師《かていきょうし》ってことは明人《あきと》さんのことかな？

早乙女《さおとめ》くんは話《はなし》を続《つづ》ける。

「それで、タイミングを見計《みはか》らってオレがポケットの中《なか》でスマホを操作《そうさ》して電話《でんわ》をかけたんだよ。桜乃《さくらの》さんがSOS《エスオーエス》で視《み》た光景《こうけい》で、犯人《はんにん》からかかってきた電話《でんわ》が非通知《ひつうち》だったたって言《い》ってたから、もちろん非通知《ひつうち》でね。そうすれば、犯人《はんにん》からの電話《でんわ》だって思《おも》うかもしれないし。」

「…………」

「ふつうに誘拐《ゆうかい》されてるんですか？　なんて聞《き》いても、誘拐《ゆうかい》をかくしているなら、きっと本当《ほんとう》のことは言《い》わないだろ。だけど、誘拐犯《ゆうかいはん》から電話《でんわ》がかかってきてあせっている瞬間《しゅんかん》に言葉《ことば》をなげかければ、とっさになにか答《こた》えてくれるかもしれないと思《おも》ったんだけど。」

早乙女《さおとめ》くん、それって詐欺師《さぎし》の手法《しゅほう》なのでは？

「で、これからどうしようか。」

「市野《いちの》さんのお母《かあ》さんが犯人《はんにん》に監視《かんし》されていて、警察《けいさつ》に連絡《れんらく》できないのなら、わたしたちで警察《けいさつ》に通報《つうほう》すればいいんじゃないかな。」

「そや！　ナイスアイディア！」

「いや、やめたほうがいいよ。警察《けいさつ》も証拠《しょうこ》がないと信《しん》じないだろうし。まさか、桜乃《さくらの》さんの能力《のうりょく》で視《み》ました、なんて言《い》うわけにもいかない。まあ、仮《かり》に言《い》っても信《しん》じないだろうしね。」

「そやけど、ほっとくわけにもいかへんやろ。市野《いちの》のおかんは、警察《けいさつ》の助《たす》けも借《か》りんと、市野《いちの》のこと取《と》りもどそうとしとるわけやねんから。」

そのとき、ふと疑問《ぎもん》がわいてきた。

「そもそも、どうして市野《いちの》さんは誘拐《ゆうかい》されたのかな？　いくら私立《しりつ》に通《かよ》ってるからって、現金《げんきん》で身代金《みのしろきん》を1億円《おくえん》なんて、うちじゃどうやっても用意《ようい》できなそうだよ。」

「たしかに、誘拐犯《ゆうかいはん》や詐欺師《さぎし》はお金《かね》を持《も》ってそうな人《ひと》をねらうはずだからね。ネットで犯《はん》罪用《ざいよう》のカモリストがやりとりされてるくらいだし。」

「カモリストって？」

「犯罪《はんざい》グループがターゲットを選《えら》ぶときに参考《さんこう》にするリストのことだよ。過去《かこ》に高額土地《こうがくとち》取引《とりひき》をした人《ひと》、高額商品《こうがくしょうひん》を買《か》った人《ひと》、あとは資産家《しさんか》とか。」

「ふーん。お前《まえ》みたいな御曹司《おんぞうし》がねらわれるんやったら身代金《みのしろきん》1億《おく》も納得《なっとく》やけどな。」

「たしかに。」

それなら納得《なっとく》できる。早乙女《さおとめ》くんの家《いえ》なら1億円《おくえん》だって、もしかすると100億円《おくえん》だって出《だ》せそうだもの。

「なにかウラがあるのかもしれない。」

早乙女《さおとめ》くんが意味深《いみしん》に言《い》った。

「ウラ？」

「犯罪《はんざい》には動機《どうき》がある。思《おも》いがけない動機《どうき》がこの誘拐事件《ゆうかいじけん》にはかくされているはずだよ。」

8 調査開始《ちょうさかいし》

次《つぎ》の日《ひ》の放課後《ほうかご》。

わたしたちはそれぞれ手分《てわ》けして市野《いちの》さんについて調《しら》べることにした。

残《のこ》りの身代金《みのしろきん》のうけわたしはもう明日《あした》にせまっている。

早乙女《さおとめ》くんは市野《いちの》さんの自宅《じたく》の周辺調査《しゅうへんちょうさ》。小野寺《おのでら》くんとわたしはSOS《エスオーエス》で市野《いちの》さんがいた音楽室《おんがくしつ》の調査《ちょうさ》をすることに。

3階《がい》の音楽室《おんがくしつ》に向《む》かう階段《かいだん》で小野寺《おのでら》くんがわたしに声《こえ》をかけた。

「こっちの調査《ちょうさ》は桜乃《さくらの》の能力《のうりょく》で視《み》た情報《じょうほう》がたよりなんやから、たのむで！」

「うん！」

うれしい。たよりだ、なんて言《い》われたことはじめてだもの。

今度《こんど》こそ、わたしの能力《のうりょく》を役立《やくだ》ててみせるんだ！

音楽室《おんがくしつ》に着《つ》くと、わたしはあたりを見回《みまわ》した。

なにかがちがう。

「どうしたんや？」

「ここじゃないみたい。」

「なんやて。音楽室《おんがくしつ》ゆうたらここしかないはずやで。」

「だけど、つくえの配置《はいち》がちがうような気《き》がする。」

「うーん。」

ふたりでだまりこむ。

「なんかヒントは？」

「ヒント？」

「もっとどんな音楽室《おんがくしつ》やったか思《おも》いだすんや。」

「ええっと……。あ！ 壁《かべ》に『春《はる》が来《き》た』の歌詞《かし》がはってあった！ たしかお花《はな》の絵《え》も描《か》かれていた気《き》がする。」

「『春《はる》が来《き》た』の歌詞《かし》とお花《はな》の絵《え》か……。たしか、小学校《しょうがっこう》のときに習《なら》った気《き》がするな。そや！　初等部《しょとうぶ》の音楽室《おんがくしつ》は？　市野《いちの》は凜星学園《りんせいがくえん》の初等部《しょとうぶ》に通《かよ》ってたんやろ。」

「そうかも。」

初等部《しょとうぶ》の校舎《こうしゃ》はグラウンドをはさんで中等部《ちゅうとうぶ》の向《む》かいに位置《いち》している。交流《こうりゅう》しやすくするため自由《じゆう》に行《い》き来《き》できるようになっているんだ。

わたしたちは初等部《しょとうぶ》の音楽室《おんがくしつ》に入《はい》っていく。

「ここだ！」

わたしは小《ちい》さくさけんだ。

このピアノの前《まえ》で市野《いちの》さんは……。

「わたし、やめたくないよ……。」、そう言《い》って肩《かた》をふるわせていた——。

わたしはピアノの鍵盤《けんばん》にそっと手《て》をおいた。

そのとき、ガチャッとどびらが開《ひら》いた。

「あら、あみりちゃんが来《き》てるのかと思《おも》ったら、ちがったのね。」

先生《せんせい》らしき女性《じょせい》が言《い》った。

「おお、グッドタイミングや、先生《せんせい》！　オレら、市野《いちの》の友《とも》だちやねん。市野《いちの》がここに来《き》てへんかと思《おも》ってさがしてたんや。」

「まあ、そうなの。」

小野寺《おのでら》くんがわたしにこそっと、調査開始《ちょうさかいし》や、と言《い》った。

「あの、市野《いちの》さんはよくここに来《き》ていたんですか？」

「音楽《おんがく》が好《す》きな子《こ》でね。よく放課後《ほうかご》にひとりでピアノを弾《ひ》いていたのよ。あみりちゃんは元気《げんき》かしら？」

わたしはあいまいにうなずいた。

まさか誘拐《ゆうかい》されているなんて言《い》うわけにいかないもの。

「そう。よかったわ。中等部《ちゅうとうぶ》に進《すす》んであなたたちみたいなお友《とも》だちもできたみたいだし。引《ひ》っこみ思案《じあん》な子《こ》だから、少《すこ》し心配《しんぱい》してたのよ。天国《てんごく》にいるお母《かあ》さまもほっとしているわね。」

「お母《かあ》さんが天国《てんごく》？」

先生《せんせい》は、はっとした顔《かお》をして、

「あら、よけいなことを言《い》っちゃったわね。」

とその場《ば》をごまかした。

わたしと小野寺《おのでら》くんは目《め》を見合《みあ》わせた。


それじゃあ、家《いえ》にいたあの女《おんな》の人《ひと》はだれ？


わたしたちと早乙女《さおとめ》くんは、駅前《えきまえ》のドーナツショップで落《お》ち合《あ》った。

「どっちから調査《ちょうさ》の報告《ほうこく》をする？」

早乙女《さおとめ》くんが切《き》りだす。

「オレらはめちゃくちゃ大収穫《だいしゅうかく》があったで、なあ桜乃《さくらの》。」

わたしはうなずいた。

「それなら、そっちからどうぞ。」

小野寺《おのでら》くんがバーンとテーブルをたたく。

「なんと！　市野《いちの》のおかんやと思《おも》っていた人《ひと》は、市野《いちの》のおかんじゃなかってん！　市野《いちの》のおかんは亡《な》くなってたんや！」

「それで？」

早乙女《さおとめ》くんがメロンソーダを飲《の》みながらすずしげに言《い》った。

「はあ？　それでって、めちゃくちゃ大発見《だいはっけん》やないか！」

「それならこの調査《ちょうさ》はオレに分《ぶ》があるな。実《じつ》は、その市野《いちの》さんのお母《かあ》さんじゃない人《ひと》っていうのは、市野《いちの》さんのお母《かあ》さんが亡《な》くなってから、市野家《いちのけ》に出入《でい》りするようになったらしい。近所《きんじょ》の人《ひと》も事情《じじょう》はあまり知《し》らないようで、親《しん》せきなのか、家政婦《かせいふ》なのか、わからないみたい。だけど、市野《いちの》さんともすごく仲《なか》が良《よ》くて、よくいっしょにでかけたりしているのを見《み》たって。あとは、今《いま》、市野《いちの》さんのお父《とう》さんは海外《かいがい》に出張中《しゅっちょうちゅう》らしい。」

わたしと小野寺《おのでら》くんは、ぽかーんとしてしまった。

早乙女《さおとめ》くん、すごすぎ。

どうやったらこんなにくわしく情報《じょうほう》を集《あつ》められるんだろう……。

そして、早乙女《さおとめ》くんは冷静《れいせい》に言《い》った。

「まあ、あの人《ひと》がお母《かあ》さんじゃなかったっていうのは意外《いがい》だけど、残念《ざんねん》ながら誘拐《ゆうかい》を解決《かいけつ》するヒントにはならないね。」

「うーん。」

わたしたちはだまりこんだ。

「とりあえず、今日《きょう》は解散《かいさん》しようか。」

早乙女《さおとめ》くんが言《い》った。


次《つぎ》の日《ひ》。

ついに今日《きょう》は身代金《みのしろきん》のうけわたしの日《ひ》。うけわたしの時間《じかん》は夜《よる》の0時《じ》ちょうど。

わたしたちは昼休《ひるやす》みにカフェテリアの一角《いっかく》で会議《かいぎ》をすることにした。

腹《はら》が減《へ》っては戦《いくさ》はできぬってことで、小野寺《おのでら》くんは焼《や》きそば大盛《おおも》りを注文《ちゅうもん》していた。

「事件《じけん》について有力《ゆうりょく》な情報《じょうほう》が得《え》られへんままやな。」

小野寺《おのでら》くんがなげいた。

今《いま》のところ、犯人《はんにん》がどんな人《ひと》かもわからないし、どうして市野《いちの》さんが誘拐《ゆうかい》されたのかもわかっていない。それに、身代金《みのしろきん》の残《のこ》りの５０００万円《まんえん》をちゃんと用意《ようい》できるのかも不安《ふあん》がある。

そのとき、早乙女《さおとめ》くんのスマホが鳴《な》った。

早乙女《さおとめ》くんはしばらくスマホ画面《がめん》に目《め》を落《お》とすと、わたしに向《む》かって言《い》った。

「ふわもこぷりんの声紋《せいもん》の結果《けっか》がわかったって。」

「ふわもこぷりん？」

とつぜんの話題変更《わだいへんこう》にわたしはきょとんとしてしまった。

「前《まえ》に、桜乃《さくらの》さんがふわもこぷりんのファンだから、声紋《せいもん》から身長《しんちょう》とか性別《せいべつ》とかの情報《じょうほう》を調《しら》べてみるって言《い》ってた件《けん》だよ。」

「なんや事件《じけん》にカンケーない話《はなし》かい。」

小野寺《おのでら》くんが焼《や》きそばを食《た》べながら言《い》った。

「ほら、今送《いまおく》ってもらった。これがふわもこぷりんの声紋《せいもん》。」

早乙女《さおとめ》くんはノートパソコンの画面《がめん》に線《せん》グラフのようなものを映《うつ》しだした。

「ところで、声紋《せいもん》ってなんや？」

「ほら、市野《いちの》さんが不登校《ふとうこう》かもしれないって心配《しんぱい》して、メッセージ動画《どうが》に録音《ろくおん》された声《こえ》から周波数《しゅうはすう》を調《しら》べてストレス度《ど》をチェックしただろ。その声《こえ》を画像化《がぞうか》したもののことを声《せい》紋《もん》っていうんだよ。指紋《しもん》みたいにひとりひとりちがうものなんだ。人間《にんげん》の声《こえ》はさまざまな周波数《しゅうはすう》の集合体《しゅうごうたい》でできていて、その周波数《しゅうはすう》の分析《ぶんせき》をして、図《ず》で示《しめ》したのが声紋《せいもん》なんだ。たとえ声《こえ》マネで似《に》せたとしても、周波数《しゅうはすう》までは似《に》せることができないんだ。」

「声《こえ》の指紋《しもん》か、なんやおもろいな。」

「たとえば、こうやって別《べつ》の人《ひと》の声紋《せいもん》をならべてみると、ちがいがよくわかるはずだよ。」

早乙女《さおとめ》くんがためしにストレス度《ど》チェックのときにしらべた市野《いちの》さんの声紋《せいもん》とふわもこぷりんの声紋《せいもん》の画像《がぞう》をノートパソコンに映《うつ》しだした。

わたしと小野寺《おのでら》くんは画面《がめん》をのぞきこんだ。

「ほら、ぜんぜん、ちが……。」

早乙女《さおとめ》くんがぴたっと止《と》まった。

「なんやねん？」

「……似《に》てる……。」

「は？」

「ほら、ここの部分《ぶぶん》、『はじめまして』っていう同《おな》じ言葉《ことば》を話《はな》しているところ。ふたりの声紋《せいもん》を比較《ひかく》してみると、グラフの形《かたち》がよく似《に》ているんだ。」

わたしと小野寺《おのでら》くんは首《くび》をかしげた。

「っていうことはつまりどういうことやねん？」

「ふわもこぷりんの正体《しょうたい》は市野《いちの》さんである可能性《かのうせい》がある。」

「ええ――――!?」

わたしはびっくりしすぎて、立《た》ち上《あ》がってしまった。

いきおいでイスががたんとたおれる。

周《まわ》りの視線《しせん》が一気《いっき》にわたしに向《む》けられて、ぶわあああと体中《からだじゅう》にへんなあせが出《で》てきた。

わたしはあわててイスを起《お》こしてすわりなおした。

早乙女《さおとめ》くんたちに聞《き》こえてるんじゃないかってくらい心臓《しんぞう》がバクバクしている。

そんな、そんな、そんなに身近《みぢか》にふわもこぷりんがいたなんて。

しかもそれが、クラスメイトだなんて！

わたしは必死《ひっし》で落《お》ち着きを取《と》りもどそうと胸《むね》をおさえた。

一方《いっぽう》、小野寺《おのでら》くんはわりと冷静《れいせい》に、

「せやけど、ふわもこぷりんが人気《にんき》になったんは、オレが小学生《しょうがくせい》のときやで。小学生《しょうがくせい》が動画《どうが》サイトにアップなんかできるんか？」

と質問《しつもん》をした。

「親《おや》のアカウントでなら可能《かのう》だよ。世界《せかい》には小学生《しょうがくせい》で億万長者《おくまんちょうじゃ》になった動画配信者《どうがはいしんしゃ》もいるくらいだし。ふわもこぷりんも企業《きぎょう》とコラボしたり、グッズやアニメの主題歌《しゅだいか》になったりしたから億《おく》くらいは。」

「もしほんまに市野《いちの》なら、すごすぎやん！　せやから誘拐《ゆうかい》されたんか！」

「だけど、ふわもこぷりんは正体不明《しょうたいふめい》の歌姫《うたひめ》だよ。動画《どうが》もアニメーションで顔出《かおだ》ししていないし、身元《みもと》がバレる心配《しんぱい》は……。」

そこまで言《い》って、わたしは前《まえ》に早乙女《さおとめ》くんが言《い》っていたことを思《おも》いだした。

「早乙女《さおとめ》くん、過去《かこ》にネットでふわもこぷりんの正体《しょうたい》の情報《じょうほう》が売《う》られているのを見《み》たって

「……。」

「なんやねん、ネットで売るって？」

「オレ、1年半《ねんはん》くらい前《まえ》にダークウェブで『ふわもこぷりんの正体《しょうたい》』っていう情報《じょうほう》が売《う》られてるのを見《み》かけたんだ。」

「ダークウェブって？」

「インターネットのふつうの検索《けんさく》では引《ひ》っかからないサイトのことだよ。アクセスするには特別《とくべつ》な設定《せってい》が必要《ひつよう》なんだ。匿名性《とくめいせい》が高《たか》くて、企業《きぎょう》とか国《くに》の極秘《ごくひ》情報《じょうほう》が取《と》りあつかわれたりするんだ。その一方《いっぽう》で匿名性《とくめいせい》から犯罪《はんざい》の温床《おんしょう》にもなっているんだ。インターネットの闇《やみ》市《いち》って言《い》われている。」

「闇市《やみいち》？」

「そう。たとえば犯罪《はんざい》のカモリストが取《と》り引《ひ》きされていたり、有名人《ゆうめいじん》のスキャンダラスな個人情報《こじんじょうほう》、企業《きぎょう》の機密情報《きみつじょうほう》、麻薬《まやく》や銃《じゅう》、臓器《ぞうき》や人身売買《じんしんばいばい》まで。ありとあらゆる闇《やみ》の品《しな》がやり取《と》りされているんだ。その中《なか》のひとつに『ふわもこぷりんの正体《しょうたい》』があった。」

背中《せなか》がぞわっとした。

「ダークウェブは犯罪《はんざい》に巻《ま》きこまれる可能性《かのうせい》があって危険《きけん》だから、不用意《ふようい》に近《ちか》づいてはいけないんだ。」

「じゃあ、なんでおまえはそんなサイトを見《み》てるねん。」

「オレ、将来《しょうらい》はハッカーになるつもりなんだ。」

ハッカーって、企業《きぎょう》とか個人《こじん》のネットにアクセスして、個人情報《こじんじょうほう》とかを盗《ぬす》んだりする人《ひと》たちだったような……。

「はあ？　おまえ、将来《しょうらい》、犯罪者《はんざいしゃ》になるつもりなんか？　はっ！　そやから、やたらに犯《はん》罪情報《ざいじょうほう》にくわしいんか⁉　なんやうさんくさいと思《おも》うとってん！　けど、安心《あんしん》せい。オレが心《こころ》を入《い》れ替《か》えさせたるさかい。」

「いや、オレが犯罪《はんざい》にくわしいってのは誤解《ごかい》だよ。今《いま》、小野寺《おのでら》たちに話《はな》した情報《じょうほう》は、時事《じじ》ニュースや経済情報《けいざいじょうほう》、世界情勢《せかいじょうせい》、さまざまな知識《ちしき》のうちのひとつにすぎないんだ。世界《せかい》のVIP《ブイアイピー》と会話《かいわ》するには、教養《きょうよう》が必須《ひっす》だからね。」

「一般庶民《いっぱんしょみん》に対《たい》するいやみか？」

「そんなつもりはないよ。それにハッカーはハッカーでも、オレが目指《めざ》してるのはホワイトなほうだよ。」

「なんやねん。ホワイトなほうって。」

「ハッカーにはブラックハッカーとホワイトハッカーがいるんだ。ブラックハッカーは、企業《きぎょう》から機密情報《きみつじょうほう》を盗《ぬす》みだしたり、個人情報《こじんじょうほう》をぬきだしたりする犯罪者《はんざいしゃ》。ホワイトハッカーはそういう犯罪者《はんざいしゃ》から企業《きぎょう》や国《くに》の機関《きかん》を守《まも》る正義《せいぎ》の味方《みかた》。実《じつ》は、3年前《ねんまえ》、早乙女《さおとめ》グループがハッカーに攻撃《こうげき》されて大打撃《だいだげき》を受《う》けたんだ。それで今《いま》はホワイトハッカーになるべく、サイバーパトロールをしたりして勉強《べんきょう》しているんだ。」

「サイバーパトロール？　なんかかっこええな。」

小野寺《おのでら》くんが目《め》をかがやかせる。

「サイバー空間《くうかん》を見《み》まわって、犯罪《はんざい》が行《おこな》われているサイトがあったら警察《けいさつ》に届《とど》けたりすることだよ。一般人《いっぱんじん》や大学生《だいがくせい》のボランティアもいるんだ。そのパトロールをしているときに、あるサイトでふわもこぷりんの正体《しょうたい》が売《う》られているのを見《み》たんだ。えーっと、1年半《ねんはん》前《まえ》のものだから過去《かこ》のページを見《み》る必要《ひつよう》があるな。」

「そんなん見《み》れんのか？」

「過去《かこ》サイトを見《み》られるサービスがあるんだ。」

早乙女《さおとめ》くんがカタカタとノートパソコンのキーボードを打《う》って、サイトを開《ひら》いた。

「ほら、ここにのってたんだ。」

真《ま》っ黒《くろ》な画面《がめん》。真《ま》ん中《なか》にドクロマークのおどろおどろしいイラスト。そのうえには「地《ち》下《か》オークション」という血《ち》で書《か》いたような文字《もじ》。

いかにもあやしいサイトだ！

クリックすると、さまざまな商品《しょうひん》がオークションにかけられていた。

麻薬《まやく》、銃《じゅう》、それに人間《にんげん》の臓器《ぞうき》まで……。

見《み》ているだけでぞっとする。こんなものが売買《ばいばい》されているなんて信《しん》じられない。

さらに早乙女《さおとめ》くんがキーボードを打《う》つ。

そこには、『ふわもこぷりんの正体《しょうたい》』競売終了《きょうばいしゅうりょう》、落札《らくさつ》」と書《か》かれていた。

「落札《らくさつ》ってことは、だれかがふわもこぷりんの正体《しょうたい》を買《か》ったってことだよね。」

「それで、個人情報《こじんじょうほう》を知《し》って誘拐《ゆうかい》したってわけか！」

「その可能性《かのうせい》はある。」

「だけど、1年半《ねんはん》も前《まえ》の話《はなし》なんでしょ？」

「計画《けいかく》を練《ね》っていたとか、実行犯《じっこうはん》をだれがになうか選定《せんてい》していたとか、ふわもこぷりんが人気絶頂《にんきぜっちょう》になるのをねらっていたとか、いろいろ考《かんが》えられるけど。それにダークウェブを活用《かつよう》して犯罪《はんざい》を起《お》こすってことは、犯罪《はんざい》に手《て》なれた組織的《そしきてき》な犯罪《はんざい》グループの犯行《はんこう》かもしれない。」

場《ば》に緊張《きんちょう》が走《はし》った。

誘拐犯《ゆうかいはん》が組織的《そしきてき》な犯罪《はんざい》グループかもしれないなんて。いくら小野寺《おのでら》くんと早乙女《さおとめ》くんがいるとしても、そんな人《ひと》たちに立《た》ち向《む》かうことなんてできるのかな……。

不安《ふあん》が心《こころ》をおおう。だけど……。

「桜乃《さくらの》さんは、これからどうしたい？」

早乙女《さおとめ》くんが聞《き》いた。

「わたしは……。市野《いちの》さんの家《いえ》にいた女《おんな》の人《ひと》はお母《かあ》さんじゃないかもしれないけど、市野《いちの》さんを取《と》りもどすために、犯罪《はんざい》グループに立《た》ち向《む》かおうとしてるってことだよね。だから、身代金《みのしろきん》のうけわたしのときに、危険《きけん》な目《め》にあったりしないか、見守《みまも》りたい……。」

「極秘警護《ごくひけいご》ちゅーわけやな！」

小野寺《おのでら》くんがパチンと指《ゆび》をならした。

「たしかにいい考《かんが》えかも。オレたちは、市野《いちの》さんが誘拐《ゆうかい》されていることを桜乃《さくらの》さんの特殊《とくしゅ》能力《のうりょく》によって知《し》っているけど、オレたちがその情報《じょうほう》を知《し》っていることを犯人《はんにん》は知《し》らない。」

「ってことは、オレらは犯人《はんにん》に知《し》られることなく警護《けいご》できるちゅーわけやな！」

「そう、桜乃《さくらの》さんはオレたちの〝切《き》り札《ふだ》〟ってこと。」

切《き》り札《ふだ》……。

「そや、桜乃《さくらの》の力《ちから》が必要《ひつよう》なんやで。」

ふたりからそんなふうに言《い》われて心臓《しんぞう》がドキドキする。

責任重大《せきにんじゅうだい》！

わたしはうなずいた。

それからわたしたちは連絡用《れんらくよう》にグループラインを組《く》んだ。

今《いま》までラインには家族《かぞく》の連絡先《れんらくさき》しか入《はい》っていなかったから、友《とも》だちリストにならんだふたりのアイコンを見《み》ていると、なんだかうれしくなった。

9 ヒーローの暴《ぼう》走《そう》

午後《ごご》11時《じ》。
わたしはこっそりと家《いえ》をぬけだした。
ううっ、ドキドキする。
クリスタル平和広場《へいわひろば》はわたしの家《いえ》の近《ちか》く。
家《いえ》の近《ちか》くの公園《こうえん》で小野寺《おのでら》くんと早乙女《さおとめ》くんと待《ま》ち合《あ》わせをしているんだ。
こんなにおそくに外《そと》に出《で》るなんてはじめて。ましてやひとりでなんて！
夜道《よみち》は人《ひと》も車《くるま》もまばらで、しんとしている。
わたしは自転車《じてんしゃ》を飛《と》ばして、公園《こうえん》に向《む》かった。

公園《こうえん》ではすでに小野寺《おのでら》くんと早乙女《さおとめ》くんが待《ま》っていた。ふたりも自転車《じてんしゃ》で集合《しゅうごう》している。

「よし、全員《ぜんいん》そろったな。行《い》くぞ！」

小野寺《おのでら》くんが先頭《せんとう》を切《き》って、身代金《みのしろきん》のうけわたし場所《ばしょ》のクリスタル平和広場《へいわひろば》に向《む》かった。

広場《ひろば》にはストレッチをしている男性《だんせい》、ダンスをする若者《わかもの》など、人《ひと》がまばらに散《ち》っている。

わたしたちは花壇《かだん》の生《い》け垣《がき》の後《うし》ろにかくれた。

早乙女《さおとめ》くんがわたしたちに説明《せつめい》する。

「身代金《みのしろきん》のうけわたしにはいろんな方法《ほうほう》があるんだ。うけわたし場所《ばしょ》をギリギリになって何度《なんど》も変更《へんこう》して相手《あいて》を混乱《こんらん》させたり、ドローンを操縦《そうじゅう》して、そのドローンに身代金《みのしろきん》をのせろと指示《しじ》をしたり。」

「あらゆる可能性《かのうせい》を考《かんが》えとけっちゅーわけやな。」

「そのとおり。」

午後《ごご》11時《じ》30分《ぷん》。

市野《いちの》さんの家《いえ》にいた女《おんな》の人《ひと》がトランクケースを持《も》って広場《ひろば》に現《あらわ》れた。

周《まわ》りにはだれもいない。おそらくひとりで来《き》たんだ。

わたしたちは息《いき》をひそめて犯人《はんにん》がやってくるのを待《ま》つ。

午後《ごご》11時《じ》50分《ぷん》。

フードを目深《まぶか》にかぶりマスクをした男《おとこ》が自転車《じてんしゃ》に乗《の》って現《あらわ》れた。

「あいつちゃうか？」

小野寺《おのでら》くんが言《い》った。

「挙動不審《きょどうふしん》な感《かん》じだね。おどおどしてるし、とても犯罪組織《はんざいそしき》の一員《いちいん》って感《かん》じには見《み》えないよ。」

「受《う》け子《こ》かもしれない。」

「受《う》け子《こ》？」

「犯罪《はんざい》の末端《まったん》をになうんだ。ネットなどで集《あつ》められた犯罪《はんざい》の素人《しろうと》だよ。犯罪《はんざい》グループは自《じ》分《ぶん》たちがつかまらないように、集《あつ》めた人《ひと》たちを使《つか》って犯罪《はんざい》を実行《じっこう》するんだ。オレオレ詐欺《さぎ》

で手《て》に入《い》れたキャッシュカードで銀行《ぎんこう》からお金《かね》を引《ひ》きださせる「出《だ》し子《こ》」、麻薬《まやく》の入《はい》ったカバンを運《はこ》ばせる「運《はこ》び屋《や》」などの役目《やくめ》をやらせる。だけど、やってる本人《ほんにん》はカバンの中《なか》身《み》を知《し》らないまま運《はこ》んでいたり、犯罪《はんざい》の詳細《しょうさい》を知《し》らされないままやってることも多《おお》いんだ。犯罪組織《はんざいそしき》は犯行《はんこう》が失敗《しっぱい》すればトカゲのしっぽを切《き》るみたいに、その人《ひと》たちに全責任《ぜんせきにん》を負《お》わせて切《き》りすてるんだ。SNS《エスエヌエス》や掲示板《けいじばん》で高額《こうがく》バイトとして募集《ぼしゅう》されていたりするよ。」

「そんなバイトやのうて犯罪《はんざい》やないか。」

「そのとおり。バイトっていう軽《かる》い言葉《ことば》を使《つか》って、警戒心《けいかいしん》をうすくさせて、人《ひと》を集《あつ》めるんだ。けど、中身《なかみ》はバイトなんかじゃなくてれっきとした犯罪《はんざい》だよ。実際《じっさい》、ふつうのバイトだと思《おも》って引《ひ》き受《う》けてしまって、中学生《ちゅうがくせい》や高校生《こうこうせい》が巻《ま》きこまれるケースも多《おお》いんだ。」

男《おとこ》は女《おんな》の人《ひと》から身代金《みのしろきん》の入《はい》ったトランクケースを受《う》け取《と》ると、さっと自転車《じてんしゃ》でにげ去《さ》った。

「あとは市野《いちの》さんが解放《かいほう》されるのを待《ま》とう。」

早乙女《さおとめ》くんが言《い》うと、

「このままにがすわけにはいかへん。」

とつぜん、小野寺《おのでら》くんが強《つよ》い口調《くちょう》で言《い》い放《はな》った。

「は？」

止《と》める間《ま》もないほどのすばやさで、小野寺《おのでら》くんは自転車《じてんしゃ》を飛《と》ばして犯人《はんにん》を追《お》って行《い》ってしまった。

とつぜんの出来事《できごと》に、あっけにとられて言葉《ことば》が出《で》ない。

「まさか、信《しん》じられないな。追《お》っかけていった……。」

いつも冷静《れいせい》な早乙女《さおとめ》くんの声《こえ》からあせりがにじんだ。

そんな早乙女《さおとめ》くんを見《み》てさらに不安《ふあん》がつのっていく。

むだだとわかりつつ、ラインで電話《でんわ》をかけた。

もちろん小野寺《おのでら》くんは出《で》ない。

はりつめた空気《くうき》がただよう。

すると、早乙女《さおとめ》くんが、ふーっと息《いき》をついた。

「とにかく、今《いま》から追《お》っても追《お》いつかない。小野寺《おのでら》からの連絡《れんらく》を待《ま》とう。市野《いちの》さんが解放《かいほう》されるはずだから、女《おんな》の人《ひと》の動向《どうこう》をしっかり見届《みとど》けるんだ。」

わたしはうなずいた。だけど、心《こころ》の中《なか》は不安《ふあん》でおしつぶされそう。
せっかく無事《ぶじ》に身代金《みのしろきん》のうけわたしが終《お》わって、市野《いちの》さんも解放《かいほう》されるはずなのに。
犯人《はんにん》を追《お》いかけるなんて。勝手《かって》なことをして。
もし、小野寺《おのでら》くんが危険《きけん》な目《め》にあったら……。
わたしは手《て》をぎゅううっとにぎりしめた。
小野寺《おのでら》くんのバカッ！

10 side《サイド》 小野寺千秋《おのでらちあき》

自転車《じてんしゃ》で道路《どうろ》をかっ飛《と》ばす。
相手《あいて》も自転車《じてんしゃ》や。
海《うみ》の方角《ほうがく》に向《む》かっている。
海《うみ》のほうには工業団地《こうぎょうだんち》があるから、そこににげこむ気《き》かもしれへん。
オレは絶対《ぜったい》ににがさへんで。
夜《よる》の風《かぜ》を切《き》りながら必死《ひっし》でペダルをこいでいると、おとんのことが頭《あたま》に浮《う》かんできた。
おとんは救助隊《きゅうじょたい》をしていて、オレのあこがれやった。
そやけど、オレが小《ちい》さいとき、放火事件《ほうかじけん》の救助活動《きゅうじょかつどう》で大《おお》けがを負《お》ったんや。
それで、後遺症《こういしょう》が残《のこ》ってしもうて救助隊《きゅうじょたい》の仕事《しごと》を引退《いんたい》した。

もう7年以上《ねんいじょう》たつけど、犯人《はんにん》はつかまってない。

そいつがまた放火事件《ほうかじけん》をしでかして、たくさんの命《いのち》がうばわれるかもしれへん。

そう思《おも》うと、怒《いか》りで全身《ぜんしん》の血《ち》がにえたぎる。

今回《こんかい》かて、また誘拐事件《ゆうかいじけん》が起《お》きる可能性《かのうせい》があるんや。

犯人《はんにん》を野放《のばな》しにするわけには、絶対《ぜったい》いかへん！

案《あん》の定《じょう》、犯人《はんにん》は工業団地《こうぎょうだんち》に入《はい》っていく。

犯人《はんにん》は自転車《じてんしゃ》を乗《の》りすてて、廃工場《はいこうじょう》の中《なか》へと向《む》かった。

ここが犯罪《はんざい》グループのアジトなんか？

一網打尽《いちもうだじん》にしてくれる！

オレも自転車《じてんしゃ》を乗《の》りすてようとしたら、ガシャーンと大《おお》きな音《おと》を立《た》ててたおれてしまった。

しもた！

犯人《はんにん》がはっとふりむいた！

オレと、ばっちり目《め》が合《あ》う。

気《き》づかれてもうた。
犯人《はんにん》はトランクケースをかかえて、廃工場《はいこうじょう》に向《む》かってダッシュしていく。
「にがさへんで！」
廃工場《はいこうじょう》の中《なか》はだだっ広《ぴろ》かった。ようわからん機械《きかい》がいっぱいある。
ランプが所々《ところどころ》についているけどうす暗《ぐら》い。
犯人《はんにん》は暗《くら》がりに隠《かく》れるようににげていく。
そやけど、オレのすばやさに勝《か》てるやつはおらん！
追《お》っていると、犯人《はんにん》は足元《あしもと》に転《ころ》がってる鉄《てつ》の棒《ぼう》に足《あし》をひっかけて、よろついた。
トランクケースがガシャーンと地面《じめん》に落《お》ちた。
今《いま》や！
オレは飛《と》びかかって、犯人《はんにん》を確保《かくほ》！
フードとマスクをひっぱがした。
「な、なんで……。」

11 新《あら》たな事件《じけん》勃発《ぼっぱつ》！

クリスタル平和広場《へいわひろば》の生《い》け垣《がき》の後《うし》ろからわたしと早乙女《さおとめ》くんは女《おんな》の人《ひと》の動向《どうこう》をうかがっていた。

女《おんな》の人《ひと》はベンチにすわったまま動《うご》かない。

もう身代金《みのしろきん》のうけわたしから10分《ぷん》以上《いじょう》たっている。

「どうしよう？　警察《けいさつ》に電話《でんわ》したほうがいいかな？」

あせるわたしを早乙女《さおとめ》くんが止《と》めた。

「まだ市野《いちの》さんが解放《かいほう》されたか確認《かくにん》できてない。今《いま》、警察《けいさつ》に通報《つうほう》したらすべてが水《みず》の泡《あわ》になる可能性《かのうせい》がある。」

そのとき！

広場《ひろば》の反対側《はんたいがわ》、暗闇《くらやみ》の中《なか》から小柄《こがら》な女《おんな》の子《こ》が早歩《はやある》きで出《で》てきた。

市野《いちの》さんだ！

女《おんな》の人《ひと》は市野《いちの》さんにかけよって抱《だ》きしめた。

とにかく無事《ぶじ》でよかった！

わたしと早乙女《さおとめ》くんは、ほっとして、うなずきあう。

そして、念《ねん》のため広場《ひろば》を出《で》て行《い》く女《おんな》の人《ひと》と市野《いちの》さんのあとをつけた。

公園《こうえん》の外《そと》につくと、女《おんな》の人《ひと》はとめてあったシルバーの車《くるま》に市野《いちの》さんを乗《の》せて走《はし》り去《さ》った。

よかった。これで大丈夫《だいじょうぶ》だ。

そのとき。

ピポパ　ピポパ　ピポパ　ピポパ
ライン電話《でんわ》がかかってきた。

「小野寺《おのでら》くんだ！」

わたしは急《いそ》いで電話《でんわ》に出《で》た。

「もしもしっ！」

電話《でんわ》の先《さき》からはカシャーンカシャーンと機械《きかい》みたいな音《おと》が聞《き》こえてきて、聞《き》き取《と》りづらい。

「オレや。」

「もう少《すこ》し大《おお》きな声《こえ》でお願《ねが》い！！！」

わたしはスマホに向《む》かって言《い》った。

「ちょっと、待《ま》て。スマホの設定《せってい》を変《か》えるから……。……おい、聞《き》こえるか！」

音《おと》がクリアになって小野寺《おのでら》くんの声《こえ》が聞《き》こえてきた。

安心《あんしん》して涙《なみだ》が出《で》そうになる。

「小野寺《おのでら》くん、無事《ぶじ》なの⁇　今《いま》、どこにいるの？」

「安心《あんしん》せい。海辺《うみべ》の工業団地《こうぎょうだんち》にある廃工場《はいこうじょう》の中《なか》や。市野《いちの》もそっちにもどってるやろ。」

「うん、どうしてわかったの？」

「こっちは、犯人《はんにん》、確保《かくほ》しとるんや！」

「ええ？？？」

早乙女《さおとめ》くんがどうしたのって顔《かお》でわたしを見《み》る。

「犯人《はんにん》をつかまえたんだって。」

早乙女《さおとめ》くんが、マジで？　って顔《かお》をした。

わたしはラインをスピーカーモードにして、早乙女《さおとめ》くんにも聞《き》こえるようにした。

「予想《よそう》もしてへん新事実発覚《しんじじつはっかく》やで。」

画面《がめん》の向《む》こうから小野寺《おのでら》くんのめちゃくちゃ得意《とくい》げな声《こえ》が聞《き》こえてくる。

「で、なんだよ。その新事実《しんじじつ》っていうのは。」

「誘拐犯《ゆうかいはん》の正体《しょうたい》はな、なんと！　市野《いちの》の兄貴《あにき》やったんや。」

「えええええ！！！！　前《まえ》にあとをつけた……一《いっ》コ上《うえ》の!?」

「ほんまもんの誘拐《ゆうかい》じゃなく、兄妹《きょうだい》で仕組《しく》んだウソの誘拐《ゆうかい》ってわけや。」

「兄妹《きょうだい》で仕組《しく》んだって？　どうしてそんなこと？」

「まあ、今《いま》からじっくり取《と》り調《しら》べや。ちゃんと説明《せつめい》してもらうで。」

「わかったよ……。」

市野《いちの》さんのお兄《にい》さんの声《こえ》が画面《がめん》の先《さき》から聞《き》こえてきた。

「ぼくと妹《いもうと》のあみりがウソの誘拐《ゆうかい》を計画《けいかく》した理由《りゆう》。

それは、家族《かぞく》の絆《きずな》を守《まも》るためだった――。


お母《かあ》さんは、ぼくたちが小学生《しょうがくせい》のとき、心臓《しんぞう》の難病《なんびょう》にかかって遠方《えんぽう》の病院《びょういん》に入院《にゅういん》していたんだ。

入院《にゅういん》する前《まえ》はピアノ教室《きょうしつ》を開《ひら》いていて、自分《じぶん》で曲《きょく》を作《つく》るのが得意《とくい》だった。

あみりは人前《ひとまえ》で話《はな》したりするのが苦手《にがて》だったけど、お母《かあ》さんの作《つく》った曲《きょく》なら家族《かぞく》の前《まえ》で歌《うた》うことができたんだ。

入院《にゅういん》してからは、病院《びょういん》が遠《とお》いから毎日《まいにち》お見舞《みま》いに行《い》くことができなくて、お母《かあ》さんがさびしくないように、あみりが歌《うた》う動画《どうが》をぼくが編集《へんしゅう》して、お母《かあ》さんのスマホに送《おく》っていたんだ。

けど……、お母《かあ》さんは……、2年前《ねんまえ》に死《し》んでしまった。

ぼくとあみりはお母《かあ》さんの作《つく》った曲《きょく》をみんなに知《し》ってもらいたいと思《おも》って、お父《とう》さんに協力《きょうりょく》してもらって動画配信《どうがはいしん》のチャンネルを開設《かいせつ》したんだ。

それから、『ふわもこぷりん』として動画《どうが》をアップするようになった。

『ふわもこぷりん』はお母《かあ》さんがよく作《つく》ってくれたお菓子《かし》の名前《なまえ》なんだ。

作詞《さくし》と歌《うた》はあみり、イラストと動画編集《どうがへんしゅう》はぼくが得意《とくい》だから、ふたりで分担《ぶんたん》してふわもこぷりんのチャンネルを運営《うんえい》していた。

ふわもこぷりんの曲《きょく》は、じわじわ人気《にんき》が出《で》てきて、収益化《しゅうえきか》を目指《めざ》せるようになった。

ぼくとお父《とう》さんとあみりで相談《そうだん》して、そのお金《かね》を、お母《かあ》さんと同《おな》じ難病《なんびょう》の人《ひと》を救《すく》うために、研究支援機関《けんきゅうしえんきかん》へ寄付《きふ》しようって計画《けいかく》を立《た》てたんだ。

難病《なんびょう》の人《ひと》は人数《にんずう》が少《すく》ないから研究費用《けんきゅうひよう》を確保《かくほ》するのが難《むずか》しいんだ。少《すこ》しでもぼくたちのお金《かね》が役《やく》に立《た》てばいいと思《おも》って。

それから、あみりの好《す》きなアニメの主題歌《しゅだいか》を『歌《うた》ってみた』動画《どうが》にしてアップしたらバズって、知名度《ちめいど》がバク上《あ》がりしたんだ。多額《たがく》の広告費《こうこくひ》が入《はい》ってくるようになった。

それからほどなくして、あの女《おんな》が家《いえ》にやってきたんだ。」

「あの女《おんな》って身代金《みのしろきん》を持《も》ってきた女《おんな》の人《ひと》のことですか？」

わたしは思《おも》わず聞《き》いた。

「そうだよ。」

「……！」

わたしと早乙女《さおとめ》くんは顔《かお》を見合《みあ》わせた。

「お母《かあ》さんがお世話《せわ》になった難病支援団体《なんびょうしえんだんたい》のメンバーだって名刺《めいし》をわたされた。生前《せいぜん》、お母《かあ》さんからあみりたちの世話《せわ》をたのまれたと言《い》って、頻繁《ひんぱん》に家《いえ》に出入《でい》りするようになったんだ。お父《とう》さんが仕事《しごと》でおそくなるときは夜《よる》ごはんを作《つく》ってくれたり。お母《かあ》さんがいなくなってぽっかり空《あ》いた心《こころ》のスキマを、その女《おんな》がうめてくれているように感《かん》じていたんだ。そのときは……。

だけど。

その女《おんな》は難病支援団体《なんびょうしえんだんたい》の継続《けいぞく》のために寄付《きふ》が必要《ひつよう》だと理由《りゆう》をつけて、たびたびお父《とう》さんにお金《かね》を要求《ようきゅう》するようになった。

ぼくは不審《ふしん》に思《おも》って、名刺《めいし》に記載《きさい》されていた難病支援団体《なんびょうしえんだんたい》に電話《でんわ》をしてみたんだ。そうしたら、そんな人物《じんぶつ》は所属《しょぞく》していないって。

それじゃあ、あの女《おんな》は何者《なにもの》なんだ。お父《とう》さんに相談《そうだん》したんだけど、お父《とう》さんは女《おんな》を信《しん》じ切《き》っていたから、なにかのまちがいだろうって決《き》めつけて相手《あいて》にしてくれなかったんだ。お父《とう》さんも信《しん》じてくれないなら、警察《けいさつ》に相談《そうだん》してもむだだろうと思《おも》って。

そうこうしているうちに、女《おんな》とお父《とう》さんは婚約《こんやく》して、お父《とう》さんの会社《かいしゃ》の役員《やくいん》になって、お父《とう》さんは家《いえ》のお金《かね》の管理《かんり》まで女《おんな》に任《まか》すようになったんだ。

ちょうどそのころ、その女《おんな》が電話《でんわ》でコソコソ話《はな》しているのを目撃《もくげき》した。『ふわもこぷりんは……もっと金《かね》が入《はい》ってくる……もうちょっと待《ま》って。』と言《い》っているのが聞《き》こえた。

ほどなくして、投資家《とうしか》を名乗《なの》る男《おとこ》が女《おんな》といっしょにやってきて、お父《とう》さんに多額《たがく》の投資《とうし》を持《も》ちかけてきた。

さすがに、お父《とう》さんも少《すこ》し考《かんが》えさせてくれって言《い》ったんだけど。

ぜったいにあやしい！

このままほうっておけば、難病《なんびょう》の人《ひと》たちの命《いのち》を救《すく》うために寄付《きふ》するつもりだったお金《かね》がだまし取《と》られてしまう。

そんなのありえない！

ぼくとあみりは今《いま》までふわもこぷりんとしてかせいだお金《かね》を守《まも》るために、誘拐事件《ゆうかいじけん》を自作自演《じさくじえん》したんだ。あみりはおさななじみの家《いえ》でかくまってもらって……。」

あまりの話《はなし》にわたしたちはだまりこんだ。

あんなにやさしそうな女《おんな》の人《ひと》が詐欺師《さぎし》だなんて！

まさかこんな恐《おそ》ろしい事件《じけん》に市野《いちの》さんが巻《ま》きこまれていたなんて！

「やっぱり犯罪《はんざい》グループがからんでいる可能性《かのうせい》が高《たか》いな。」

早乙女《さおとめ》くんが深刻《しんこく》な顔《かお》で言《い》った。

「おそらくその女《おんな》は実行部隊《じっこうぶたい》で犯罪《はんざい》グループでも地位《ちい》は高《たか》くないはず。犯行《はんこう》が失敗《しっぱい》すれば警察《けいさつ》につかまるか、犯罪《はんざい》グループから消《け》されるか、ふたつにひとつ。だから、今回《こんかい》の誘拐《ゆうかい》事件《じけん》はかなりあせったと思《おも》うよ。」

わたしはそれを聞《き》いて、女《おんな》のSOS《エスオーエス》を視《み》たことを思《おも》いだした。

路地裏《ろじうら》にいる女《おんな》のSOS《エスオーエス》を視《み》たのは市野《いちの》さんを心配《しんぱい》してだれかに助《たす》けを求《もと》めてたってわ

けじゃなくて、だましとるはずのお金《かね》がなくなったらこまるってあせっていただけだったんだ！

そう気《き》が付《つ》いて、心《こころ》の底《そこ》から怒《いか》りがふつふつとわいてきた。

「それで、この身代金《みのしろきん》でお金《かね》を取《と》りもどしたら、ふわもこぷりんは引退《いんたい》しようって、あみりと決《き》めたんだ。」

「ええ――っ、そんな！」

わたしは思《おも》わず声《こえ》を上《あ》げてしまった。

「そうすれば、詐欺師《さぎし》の女《おんな》も金《かね》づるのぼくたちに価値《かち》がなくなって、立《た》ち去《さ》るだろうって。」

「……、詐欺師《さぎし》のためにやめなきゃならないなんて……わたし……ふわもこぷりんのファンで……。」

くやしすぎて涙《なみだ》がにじみでてきた。

こんな理由《りゆう》でふわもこぷりんが活動《かつどう》できなくなるなんて絶対《ぜったい》ヤダ！

「ありがとう。だけど、それが家族《かぞく》の絆《きずな》を守《まも》るために、ぼくたちができる唯一《ゆいいつ》の手段《しゅだん》だったんだ。」

「許《ゆる》せない……。」

わたしは手《て》をぎゅうっとにぎりしめた。

「そや、許《ゆる》せへん。とっつかまえて、ぎったぎたのめったためたに。」

そのとき。

だれかのどなり声《ごえ》が小野寺《おのでら》くんの言葉《ことば》をさえぎった。

12 最悪《さいあく》の事態《じたい》

「大人《おとな》をなめやがって。おまえら、無事《ぶじ》に帰《かえ》れると思《おも》うなよ。」

男《おとこ》の人《ひと》のどなり声《ごえ》がとぎれとぎれに聞《き》こえたかと思《おも》うと、ガシャーンと大《おお》きな音《おと》がして電話《でんわ》が切《き》れてしまった。

「どうしたんだろう。」

わたしは不安《ふあん》になって早乙女《さおとめ》くんを見《み》つめた。

早乙女《さおとめ》くんがラインで電話《でんわ》をかける。

「だめだ出《で》ない。」

早乙女《さおとめ》くんはポケットにスマホをしまうと、

「オレ、工場《こうじょう》に行《い》って小野寺《おのでら》のことさがすから、桜乃《さくらの》さんは家《いえ》に帰《かえ》って！」

そう言《い》って、自転車《じてんしゃ》に乗《の》ろうとした。

「わたしも行《い》く。」

「危険《きけん》だよ。」

「だけど、小野寺《おのでら》くんがつかまっていたとしたら、助《たす》けを求《もと》めてくるはずだよ。もしかするとSOS《エスオーエス》が視《み》えるかもしれない。そうすれば、犯人《はんにん》に気《き》づかれることなく、現場《げんば》の状況《じょうきょう》を知《し》ることができるもの！」

早乙女《さおとめ》くんが語気《ごき》を強《つよ》くして答《こた》える。

「オレ、桜乃《さくらの》さんがSOS《エスオーエス》を視《み》たとき、2回《かい》ともいっしょにいたから、わかるんだ。1回《かい》目《め》のときよりも2回目《かいめ》のときのほうが、桜乃《さくらの》さんの消耗《しょうもう》が激《はげ》しかった。だから、もし、工《こう》場《じょう》の中《なか》に入《はい》って、能力《のうりょく》が発動《はつどう》すれば、さらに消耗《しょうもう》して動《うご》けなくなってしまうんじゃないかって。」

わたしは口《くち》をぎゅっと結《むす》んだ。

だけど、わたしだけ帰《かえ》るなんて。

小野寺《おのでら》くんと早乙女《さおとめ》くんは、わたしのこと守《まも》るって言《い》ってくれたのに。

わたしだって、ふたりのこと守《まも》りたい！

「心配《しんぱい》してくれてありがとう。だけど、SOS《エスオーエス》を視《み》るのはわたしにしかできないことだから。大丈夫《だいじょうぶ》だよ。わたしには早乙女《さおとめ》くんがついてるもん！」

早乙女《さおとめ》くんがふーっと息《いき》をついた。

「わかった。いっしょに行《い》こう。」


わたしたちは自転車《じてんしゃ》に乗《の》って、海辺《うみべ》の工業団地《こうぎょうだんち》に向《む》かう。

自転車《じてんしゃ》ならとばせば10分《ぷん》もかからない。

工業団地《こうぎょうだんち》はライトがたくさん照《て》らされていて、夜景《やけい》のきれいなスポットとして有名《ゆうめい》なんだ。

だから、一《いっ》か所《しょ》だけ暗《くら》い廃工場《はいこうじょう》は不気味《ぶきみ》に目立《めだ》っている。

廃工場《はいこうじょう》の入《い》り口近《ぐちちか》くには黒《くろ》い車《くるま》とシルバーの車《くるま》が一台《だい》ずつとめてあった。

あれ？　このシルバーの車《くるま》どこかで見《み》たような……。

わたしと早乙女《さおとめ》くんは廃工場《はいこうじょう》の横《よこ》の目立《めだ》たないところに自転車《じてんしゃ》を置《お》いた。

小野寺《おのでら》くんも市野《いちの》さんのお兄《にい》さんも犯罪《はんざい》グループにつかまってるかもしれない。

だとしたら相当《そうとう》やばいんじゃ。

すーっと血《ち》の気《け》が引《ひ》いていった。

「今度《こんど》こそ警察《けいさつ》に連絡《れんらく》したほうがいいな。」

早乙女《さおとめ》くんは、とちゅうで見《み》つけておいた公衆電話《こうしゅうでんわ》までもどると、警察《けいさつ》に通報《つうほう》した。


廃工場《はいこうじょう》の中《なか》を、スマホのライトで足元《あしもと》を照《て》らしながら歩《ある》いていく。

だけど、こんなに広《ひろ》くちゃ、小野寺《おのでら》くんがどこにいるのかさっぱり見当《けんとう》がつかない。

大声《おおごえ》で名前《なまえ》を呼《よ》ぶこともできないし。

お願《ねが》い！　ＳＯＳ《エスオーエス》発動《はつどう》して！

わたしは心《こころ》の中《なか》で願《ねが》った。

いつもは、ＳＯＳ《エスオーエス》におびえてばかりいたから、こんなふうに能力《のうりょく》が発動《はつどう》するのを願《ねが》うのははじめて。

今《いま》は、どうしてもSOS《エスオーエス》を視《み》て、小野寺《おのでら》くんたちのことを助《たす》けたい！
「気《き》を付《つ》けて。どこにやつらの仲間《なかま》がひそんでいるかわからないから。」
わたしはうなずいた。だけど、どこまで歩《ある》いていっても、人《ひと》の気配《けはい》すらない。
あるのは大《おお》きなベルトコンベアや散《ち》らかった段《だん》ボール箱《ばこ》や鉄《てつ》くずの山《やま》。
いったいどこにいるの??
どうして、必要《ひつよう》なときにSOS《エスオーエス》が視《み》えないの??
心《こころ》が折《お》れそうになったそのとき。
ドクッ　ドクッ
ドクッ　ドクッ
だれかの鼓動《こどう》が聞《き》こえてきた。
やったっ！　きたっ!!
頭《あたま》の中《なか》に光景《こうけい》が浮《う》かんでくる。

ずいぶん映像《えいぞう》が暗《くら》い。ざらざらとしていて見《み》えにくい。
カシャーンカシャーンと大《おお》きな雑音《ざつおん》も聞《き》こえてくる。
かろうじて視《み》えるのは……、子《こ》どもが3人《にん》すわっている。
あれはたぶん……、小野寺《おのでら》くんと市野《いちの》さんのお兄《にい》さんと……え？　市野《いちの》さんも!?
その周《まわ》りに何人《なんにん》かの人影《ひとかげ》……。
やっぱりみんなつかまっているの??
映像《えいぞう》はそこでとぎれてしまった。

ええ??　ウソでしょ？　もう終《お》わりなんて！
これじゃあ、なんにもわからないよ。
頭《あたま》がガンガンする。
だめだ、わたしの能力《のうりょく》が切《き》り札《ふだ》だったのに。
完全《かんぜん》に心《こころ》が折《お》れて、わたしはその場《ば》にくずれおちた。
どうしよう。小野寺《おのでら》くんたちになにかあったら。

わたしのせいだ……！

「桜乃《さくらの》さん。」

早乙女《さおとめ》くんが背中《せなか》に手《て》を置《お》いてわたしの顔《かお》をのぞきこんだ。

「だめ……。ほとんどヒントにならないと思《おも》う……。視《み》えたのは、小野寺《おのでら》くんと市野《いちの》さんと市野《いちの》さんのお兄《にい》さんらしき人《ひと》。その周《まわ》りに何人《なんにん》かの人影《ひとかげ》……。それだけなの……。」

「え？　市野《いちの》さんも!?　そうか、あのシルバーの車《くるま》……。ほかになにか視《み》えなかった？　風景《ふうけい》とか。」

わたしは首《くび》を横《よこ》にふった。

「なにかが聞《き》こえたとか。よく思《おも》いだしてみて。」

なにかが聞《き》こえた？

カシャーン　カシャーン　カシャーン　カシャーン。

ひっきりなしに鳴《な》っていた雑音《ざつおん》！

「音《おと》……、金属《きんぞく》を打《う》ちつけているみたいな音《おと》が聞《き》こえた！」

「そういえば、小野寺《おのでら》が電話《でんわ》してきたときも、音《おと》がしてたっけ。」

「待《ま》って！　音《おと》が聞《き》こえてこない？　どこか別《べつ》の工場《こうじょう》から聞《き》こえてくるのかな。」

そう答《こた》えながらも意識《いしき》が遠《とお》くなってきた。

「桜乃《さくらの》さん、ナイス！」

「え？」

「大丈夫《だいじょうぶ》、あとはオレが見《み》つけだすから。」

早乙女《さおとめ》くんのいつもの冷静《れいせい》な声《こえ》が聞《き》こえてきた。

13 side《サイド》 早乙女《さおとめ》修《しゅう》

オレは急《いそ》いでスマホで現在地《げんざいち》と工業団地《こうぎょうだんち》の地図《ちず》を確認《かくにん》した。

桜乃《さくらの》さんの言《い》うとおり、音《おと》が聞《き》こえるってことは、この周辺《しゅうへん》に、稼働《かどう》している工場《こうじょう》があるはずだ。

……あった。

鉄鋼工場《てっこうこうじょう》が一つある。ここから約《やく》４００メートル。

オレはぐったりしている桜乃《さくらの》さんを背負《せお》うと、地図《ちず》をたよりに鉄鋼工場《てっこうこうじょう》がある方向《ほうこう》へ歩《ある》き出《だ》した。

小野寺《おのでら》も無鉄砲《むてっぽう》だけど、それに負《ま》けないくらい桜乃《さくらの》さんも無鉄砲《むてっぽう》だな。

ほんとうに桜乃《さくらの》さんは大丈夫《だいじょうぶ》なんだろうか。

だけど、桜乃《さくらの》さんのためにも、オレが絶対《ぜったい》に、小野寺《おのでら》と市野《いちの》兄妹《きょうだい》を救出《きゅうしゅつ》しなくては。

歩《ある》いていくうちにカシャーンカシャーンと鉄《てつ》を打《う》ちつけるような音《おと》がだんだん大《おお》きくなってきた。

やっぱりこっちだ。

それに、壁《かべ》の向《む》こう側《がわ》に人《ひと》の気配《けはい》がする。

オレは背負《せお》っていた桜乃《さくらの》さんを壁《かべ》にもたせかけるようにすわらせた。

近《ちか》くにある段《だん》ボール箱《ばこ》で桜乃《さくらの》さんの姿《すがた》をかくす。

桜乃《さくらの》さんの視《み》た情報《じょうほう》では、小野寺《おのでら》と市野《いちの》兄妹《きょうだい》を何人《なんにん》かが見張《みは》っているはずだ。

どうにか壁《かべ》の向《む》こう側《がわ》が見《み》えないかな。

そう思《おも》ってあたりを見回《みまわ》すと、鉄板《てっぱん》が高《たか》く積《つ》まれている一角《いっかく》があった。

よし、これにかくれて近《ちか》づこう。

そうっと、息《いき》をひそめてかがみながら歩《ある》いていく。

見《み》つかったら一発《いっぱつ》アウトだ。冷静《れいせい》に、慎重《しんちょう》に……。

鉄《てつ》の重《かさ》なるすきまから向《む》こう側《がわ》が見《み》えた！

小野寺《おのでら》と市野《いちの》兄妹《きょうだい》は手足《てあし》をしばられ、1か所《いっしょ》にまとめてすわらされている。その前《まえ》には、あの女《おんな》と黒《くろ》ずくめの男《おとこ》が見張《みは》っている。

これじゃあ、正面突破《しょうめんとっぱ》はムリだな。

さて、どうしようか。

そう思《おも》ったとたん、

ドンッ！

背中《せなか》に衝撃《しょうげき》が走《はし》った。

後《うし》ろをふりむくと、ガタイのいい大男《おおおとこ》がせまってきた！

あっという間《ま》に、男《おとこ》に取《と》りおさえられ、地面《じめん》にたたきつけられた。

しまった！

気《き》が付《つ》くとオレは小野寺《おのでら》と背中合《せなかあ》わせでしばられていた。

最悪《さいあく》だ。桜乃《さくらの》さんは気《き》を失《うしな》っているし、警察《けいさつ》が来《く》るまで無事《ぶじ》でいられるかどうか……。

オレたちの前《まえ》には、あぐらをかいた大男《おおおとこ》と黒《くろ》ずくめの男《おとこ》がスマホに集中《しゅうちゅう》している。

女《おんな》は少《すこ》し離《はな》れた場所《ばしょ》でタバコをすっている。

「おい、大丈夫《だいじょうぶ》か。」

背後《はいご》から聞《き》こえるか聞《き》こえないかほどの小《ちい》さな声《こえ》がした。

「ん。」

「なんや、やばいことになってしもうたな。桜乃《さくらの》は無事《ぶじ》か？」

「あっちの壁《かべ》の裏《うら》で気《き》を失《うしな》ってる。」

「そのまま見《み》つからへんかったらええけど。もうすぐ、オレらをむかえに船《ふね》がやってくるらしいで。」

「船《ふね》？」

「ようわからんけど、作戦変更《さくせんへんこう》で、オレらを船《ふね》でどっかに連《つ》れていくつもりらしい。その船《ふね》が来《く》るまでに、にげなやばいぞ。」

船《ふね》ってことは、密輸船《みつゆせん》か……？

いったいどこに連《つ》れていかれるんだ。

臓器《ぞうき》、人身売買《じんしんばいばい》、ダークウェブで売《う》られていたものが頭《あたま》に浮《う》かんできてぞっとする。

まさか。そんなわけないよな……。

あせりで額《ひたい》からあせがだらだら出《で》てくる。

「警察《けいさつ》には通報《つうほう》した。だけど警察《けいさつ》が来《く》る前《まえ》に連《つ》れ出《だ》されたらアウトだな。」

「おい、今《いま》、こっちだれも見《み》てへんやろ。オレ、拘束《こうそく》されたときの縄《なわ》からのにげだし方《かた》、おとんにならったことあるねん。」

「…………」

「思《おも》いっきり息《いき》をはいて平《ひら》べったくなれ。ふたりでそうしたら縄《なわ》にゆとりができるやろ。そこでオレが縄《なわ》からぬけでてみるから。」

オレと小野寺《おのでら》は思《おも》いっきり息《いき》をはいた。

オレたちを拘束《こうそく》する縄《なわ》にわずかにゆるみができる。

小野寺《おのでら》が身《み》をよじって、縄《なわ》から少《すこ》しずつぬけだす。

よしっ！　まさかの成功《せいこう》！

オレたちはしばられたふりをしながら、となりにいる市野兄妹《いちのきょうだい》の縄《なわ》もほどいていく。

男《おとこ》たちはまだスマホに夢中《むちゅう》。女《おんな》もだれかと電話《でんわ》で話《はな》してる。

「あいつらアホやな。子《こ》どもやからってにげられへんと思《おも》って完全《かんぜん》にゆだんしてる。そやけど、これで、こっちのもんや。あとはにげるタイミングを計《はか》るだけや。」

オレたち４人《にん》はうなずきあった。

14 反撃開始《はんげきかいし》！

目《め》を覚《さ》ますと、わたしはうす暗《ぐら》い工場《こうじょう》の中《なか》にひとりですわっていた。

見《み》つからないように段《だん》ボール箱《ばこ》でかくされている。

早乙女《さおとめ》くんがしてくれたのかな？

カシャーンカシャーンと金属《きんぞく》の音《おと》が聞《き》こえてくる。

ここは、小野寺《おのでら》くんたちがつかまっている場所《ばしょ》の近《ちか》く？

早乙女《さおとめ》くんはどこにいるんだろう。

そのとき、目《め》の前《まえ》を例《れい》の女《おんな》が通《とお》りすぎた。

あ！　あの詐欺師《さぎし》だ！

わたしはやどかりのように、段《だん》ボール箱《ばこ》をかぶって少《すこ》しずつ動《うご》きながら、小野寺《おのでら》くんた

ちをさがした。

壁《かべ》の向《む》こうに小野寺《おのでら》くんたちを発見《はっけん》！

よかった！　ちゃんと生《い》きてる！

だけど、４人《にん》とも縄《なわ》で拘束《こうそく》されている。

小野寺《おのでら》くんたちの前《まえ》には男《おとこ》がふたり、スマホをさわっている。どうやって助《たす》けだせばいいだろう。

そのとき。カシャーンカシャーンという音《おと》の合間《あいま》に、かすかにサイレンの音《おと》が聞《き》こえてきた。

警察《けいさつ》が来《き》たのかも！　だけどここを見《み》つけるまでにまだ時間《じかん》がかかるよね。

そうだ！　この音《おと》を流《なが》せば男《おとこ》たちも取《と》りみだすかも！

そのスキに小野寺《おのでら》くんたちの縄《なわ》をほどけばいいんだ。

わたしはスマホを取《と》りだして動画《どうが》サイトでパトカーのサイレン音《おん》が入《はい》った動画《どうが》を選《えら》び、音量《おんりょう》をマックスにして再生《さいせい》した。

ウゥウゥウゥウゥウゥ〜〜〜〜〜〜〜〜〜〜〜〜〜〜〜〜〜〜!!

サイレンの音《おと》が工場《こうじょう》の中《なか》にこだまする。

「おい！　サツが来《き》たぞ。」

男《おとこ》たちがあわててスマホから顔《かお》を上《あ》げた。

やった！　スマホの音《おと》なのにかんちがいしてる！

小野寺《おのでら》くんたちのところへ向《む》かおうとしたら、拘束《こうそく》されていると思《おも》っていた4人《にん》は、小《お》野寺《のでら》くんと早乙女《さおとめ》くん、市野《いちの》さんとお兄《にい》さんの二手《ふたて》に分《わ》かれてその場《ば》からにげだした。

縄《なわ》でしばられたふりをしていたんだ！　さすが！

これでみんなにげだせた！

と、思《おも》ったら！

小野寺《おのでら》くんが犯罪《はんざい》グループの3人《にん》の目《め》の前《まえ》におどりでた。

ええ！　無茶《むちゃ》なことして！　なにやってるの！

わたしはさけびだしそうになる。

「おまえらにげる気《き》か？　かかってこいや！」

そう言《い》って、小野寺《おのでら》くんは手《て》を前《まえ》にしてかまえのポーズをした。

男《おとこ》たちが小野寺《おのでら》くんをつかまえようと飛《と》びかかる。

小野寺《おのでら》くんがそれを華麗《かれい》によけた、と思《おも》ったら、なにかをしかけたようで黒《くろ》ずくめの男《おとこ》が悲鳴《ひめい》をあげてその場《ば》にたおれこんだ。

そして、次《つぎ》の瞬間《しゅんかん》には大男《おおおとこ》のうでをひねって軽々《かるがる》と投《な》げ飛《と》ばした。

「よっしゃ！　オレの一発芸《いっぱつげい》で成敗《せいばい》や！」

すごすぎる！　でもこれって一発芸《いっぱつげい》なの？

小野寺《おのでら》くんはにげようとする女《おんな》もあっという間《ま》につかまえて、３人《にん》を縄《なわ》で拘束《こうそく》した。

「いっちょあがりや！」

わたしは段《だん》ボール箱《ばこ》から出《で》て、小野寺《おのでら》くんと早乙女《さおとめ》くんのもとへ走《はし》った。

「桜乃《さくらの》！　無事《ぶじ》やったか！」

小野寺《おのでら》くんが声《こえ》をかけてくれた。

ふたりと合流《ごうりゅう》すると、ほっとして泣《な》きそうになった。

だけど、まだ泣《な》くには早《はや》い。

「警察《けいさつ》がもうすぐ来《く》ると思《おも》う。」

「よし、あとは警察《けいさつ》にまかせて、退散《たいさん》や！」

「市野《いちの》さんは？」

「あいつと兄貴《あにき》は先《さき》ににげてる。」

たくさんの足音《あしおと》がこちらに近《ちか》づいてくるのが聞《き》こえてきた。

わたしたちは足音《あしおと》と反対方向《はんたいほうこう》の出入《でい》り口《ぐち》から工場《こうじょう》をぬけだした。


わたしと小野寺《おのでら》くんと早乙女《さおとめ》くんは、警察《けいさつ》に見《み》つかることなく工場《こうじょう》から退散《たいさん》することができた。

ふたりと別《わか》れ、家《いえ》にこっそりとしのびこんだ。

時計《とけい》を見《み》るとまさかの深夜《しんや》3時《じ》。

こんな時間《じかん》まで起《お》きていたのは、はじめて。

わたしはなにごともなかったかのようにベッドに入《はい》った。

だけど、興奮《こうふん》してぜんぜんねむれない。

ふわもこぷりんのアクリルキーホルダーを月明《つきあ》かりに照《て》らした。
わたし、小野寺《おのでら》くんと早乙女《さおとめ》くんと協力《きょうりょく》してふわもこぷりんを救出《きゅうしゅつ》したんだよね。
ほんとにほんと？
SOS《エスオーエス》が人《ひと》の役《やく》に立《た》ったなんて、信《しん》じられない。
だけど、それもこれでおしまい。
明日《あした》からはまた同《おな》じ生活《せいかつ》にもどるんだから。

15 SOS《エスオーエス》部《ぶ》結成《けっせい》

翌日《よくじつ》、犯罪《はんざい》グループの一員《いちいん》が海辺《うみべ》の工場《こうじょう》でつかまったというニュースが放送《ほうそう》されていた。

つかまった犯人《はんにん》はもちろん昨日《きのう》のやつらだった。

彼《かれ》らは反社組織《はんしゃそしき》の構成員《こうせいいん》で、別《べつ》の事件《じけん》で指名手配中《しめいてはいちゅう》だったという。背後《はいご》には、東南《とうなん》アジアを拠点《きょてん》にして、国際的《こくさいてき》に活動《かつどう》する特殊詐欺《とくしゅさぎ》グループが関与《かんよ》しているらしい。

まさかそんな犯罪者集団《はんざいしゃしゅうだん》と戦《たたか》ったなんて、わたしは今《いま》になって、ぶるぶる身震《みぶる》いしてしまった。

それから数日《すうじつ》。

市野《いちの》さんが登校《とうこう》してきた。

お助《たす》け係《がかり》はいつものように、みんなの雑用《ざつよう》を引《ひ》き受《う》けている。

わたしは市野《いちの》さんに呼《よ》びだされた。

旧校舎《きゅうこうしゃ》の裏庭《うらにわ》でわたしたちは向《む》き合《あ》った。

「あの、この前《まえ》はありがとう。」

「………」

「お兄《にい》ちゃんからいろいろ聞《き》いたよ。事件《じけん》を解決《かいけつ》してくれたんでしょ。それに、わたしがふわもこぷりんだってことも知《し》っていたって。名探偵《めいたんてい》みたい。」

市野《いちの》さんが恥《は》ずかしそうにほほえんだ。

名探偵《めいたんてい》なんて言《い》われると、すっごく照《て》れてしまう。

市野《いちの》さんは話《はなし》を続《つづ》ける。

「ふわもこぷりんは、家族《かぞく》の絆《きずな》だったんだ。だから本当《ほんとう》は詐欺師《さぎし》のために引退《いんたい》なんてしたくなくて……。だから続《つづ》けられることになってほんとうによかったの。」

わたしは、はっとした。

あのとき視《み》た音楽室《おんがくしつ》からのSOS《エスオーエス》は、市野《いちの》さんのふわもこぷりんをやめたくないっていう心《こころ》のさけびだったんだ！

「あのあと、詐欺師《さぎし》は警察《けいさつ》につかまって、お父《とう》さんは婚約破棄《こんやくはき》をして。わたしたち、家族《かぞく》の絆《きずな》を取《と》りもどせたんだ。だからありがとうって言《い》いたくて……。桜乃《さくらの》さんと、小野寺《おのでら》くんと、早乙女《さおとめ》くんのおかげだよ。」

「そ、そんな。」

わたしは手《て》をぶんぶんふった。

「わたしにとって、3人《にん》はヒーローなんだ。」

胸《むね》がドキンとした。

わたしはSOS《エスオーエス》なんて能力《のうりょく》があっても、だれかのヒーローになんて絶対《ぜったい》になれないって思《おも》っていたから。

「それでね。次《つぎ》の新曲《しんきょく》は3人《にん》のことを思《おも》って作《つく》ろうってお兄《にい》ちゃんと相談《そうだん》して。」

「えええ、そんなっ！」

思《おも》わず声《こえ》をあげてしまった。

「だ、だって、わたし、実《じつ》はふわもこぷりんの大《だい》ファンで、そんなことされたら……。」

おろおろしながら、証拠《しょうこ》とばかりにポケットからおまもりのアクリルキーホルダーを取《と》りだす。

「わたし、このおまもりのおかげでひとりぼっちじゃないって思《おも》えたの。だから、続《つづ》けてくれてうれしいし、まさか曲《きょく》まで作《つく》ってもらえるなんて……。」

「入学式《にゅうがくしき》の翌日《よくじつ》、そのキーホルダーをつくえの下《した》に落《お》としたでしょ。それを見《み》たときすごくうれしかった。ファンでいてくれてありがとう。」

市野《いちの》さんが満面《まんめん》の笑《え》みで言《い》ってくれた。

湯気《ゆげ》が出《で》そうなほど顔《かお》が熱《あつ》い。

こんなふうに感謝《かんしゃ》をされる未来《みらい》なんて考《かんが》えたこともなかった。

傷《きず》つくくらいならひとりぼっちでいい。こんな能力《のうりょく》なくなればいいって、そればかり考《かんが》えていたから。

だけど今《いま》は……。

小野寺《おのでら》くんと早乙女《さおとめ》くんのおかげだ。

あのふたりがわたしを受《う》け入《い》れてくれたから……。

わたしははじめて、SOS《エスオーエス》の能力《のうりょく》のこと、それに自分《じぶん》のことも受《う》け入《い》れられる気《き》がしたんだ。


放課後《ほうかご》。

小野寺《おのでら》くんと早乙女《さおとめ》くんとわたしで美術係《びじゅつがかり》にかわって、美術室《びじゅつしつ》で明日《あした》の授業《じゅぎょう》の準備《じゅんび》をしていた。

「また雑用《ざつよう》おしつけやがって。」

小野寺《おのでら》くんがいつものように怒《おこ》っている。

「そうカッカするなよ、どうせヒマなんだろ。」

早乙女《さおとめ》くんがなだめる、というかあおってる。

「はあ？　ヒマとは失礼《しつれい》やな！　オレかていろいろいそがしいんや！」

「あの……。」

わたしはつぶやいた。

「いそがしいって？」

「虎太郎《こたろう》の散歩《さんぽ》やら、ええっと……、そうやな、虎太郎《こたろう》の散歩《さんぽ》とかなんやらや。」

「ふっ、虎太郎《こたろう》の散歩《さんぽ》しか出《で》てこないのかよ。」

「あのっ……。」

「虎太郎《こたろう》の散歩《さんぽ》かてひと苦労《くろう》なんやで！　虎太郎《こたろう》は人気者《にんきもの》やからいろんな人《ひと》が集《あつ》まってくるんや。そこでオレも一発芸《いっぱつげい》かまさな。」

「あとは、そや、合気道《あいきどう》の修業《しゅぎょう》とか。」

「どういう理屈《りくつ》だよ。」

「あのっ！！！！」

ふたりがわたしのことを見《み》た。

「ええっと、わたし……ふたりに伝《つた》えたいことがあるんだ……。」

「なんや、かしこまって。」

「わたしね、今《いま》まで友《とも》だちなんていらないって思《おも》っていた。だけど、小野寺《おのでら》くんと早乙女《さおとめ》くんと友《とも》だちになりたい。また、SOS《エスオーエス》を視《み》たときは協力《きょうりょく》してほしいっ!」

ふたりがぽかーんとわたしを見《み》つめる。

それから、

「そんなん、あたりまえやちゅーねん。」

小野寺《おのでら》くんが言《い》った。

「そうだよ。言《い》っただろ。桜乃《さくらの》さんのこと守《まも》るって。」

「そや! オレたちは仲間《なかま》や!」

ふたりの言葉《ことば》にわたしはうれしくて胸《むね》がいっぱいになった。

「ええこと思《おも》いついたで! オレたちのグループ名《めい》を決《き》めようや。」

「グループ名《めい》? お助《たす》け係《がかり》じゃないの?」

「それは、学校《がっこう》での表《おもて》の姿《すがた》や。いまから決《き》めるんはヒーローとしてのグループ名《めい》や。」

ヒーローとしてのグループ名《めい》か……。小野寺《おのでら》くんがいかにも好《す》きそうだな。

「実《じつ》はもう思《おも》いついてるんや。」

そう言《い》って、小野寺《おのでら》くんは黒板《こくばん》いっぱいにチョークでどでかい文字《もじ》で、

SOS部《エスオーエスぶ》！

と書《か》いた。

「SOS部《エスオーエスぶ》？」

「桜乃《さくらの》の特殊能力《とくしゅのうりょく》、SOS《エスオーエス》がオレたちの切《き》り札《ふだ》やからな。」

「たしかに。」

「それに、おまえら気《き》づいてたか？」

小野寺《おのでら》くんがわたしと早乙女《さおとめ》くんを交互《こうご》に見《み》る。

わたしたちは見当《けんとう》もつかなくて、首《くび》をかしげた。

「やっぱり気《き》づいとらへんかったか！　オレらの苗字《みょうじ》の頭文字《かしらもじ》がSOS《エスオーエス》になることを！」

ドーン！　という感《かん》じで小野寺《おのでら》くんが言《い》った。

「桜乃《さくらの》のS《エス》、小野寺《おのでら》のO《オー》、早乙女《さおとめ》のS《エス》やっ！」

「なんか一気《いっき》にダサくなったな。」

早乙女《さおとめ》くんがつぶやく。

「なんやと！」

「いや、別《べつ》に。」

「よし、異論《いろん》はないな！　SOS《エスオーエス》部《ぶ》ここに結成《けっせい》や！」

小野寺《おのでら》くんが手《て》を出《だ》した。わたしと早乙女《さおとめ》くんがその手《て》に手《て》を重《かさ》ねる。

「よっしゃー！　これからも難事件解決《なんじけんかいけつ》しまくるで〜！　桜乃《さくらの》、たのんだで！」

「うん！」

あとがき

こんにちは、くるたつむぎです。
この本《ほん》を手《て》に取《と》ってもらえてうれしいです。
ありがとうございます！
楽《たの》しんでいただけたでしょうか？

SOS《エスオーエス》部《ぶ》のお話《はなし》をする前《まえ》に、少《すこ》し自己紹介《じこしょうかい》を。
私《わたし》は第《だい》6回青い鳥文庫小説賞金賞《かいあおいとりぶんこしょうせつしょうきんしょう》を受賞《じゅしょう》し、小説家《しょうせつか》としてデビューしました。
このお話《はなし》が2作目《さくめ》になります。
生《う》まれも育《そだ》ちも大阪《おおさか》です。好《す》きな食《た》べものは小野寺《おのでら》くんと同《おな》じで、たこ焼《や》き。
落《お》ち込《こ》んだり疲《つか》れたりしたときも、たこ焼《や》きがあれば元気《げんき》になれます！
もちろん、家《いえ》にはたこ焼《や》き器常備《きじょうび》です。
けれど、小野寺《おのでら》くんとちがって、友《とも》だちに話《はなし》のオチを求《もと》めたりはしません（笑《わら》）。

さて、このお話《はなし》の主人公《しゅじんこう》、あかりちゃんには「だれかのSOS《エスオーエス》が頭《あたま》の中《なか》に視《み》えてしまう」という特殊《とくしゅ》な能力《のうりょく》があります。

能力《のうりょく》が目覚《めざ》めたきっかけには、「ある大事件《だいじけん》」がからんでいるのですが……。

これは、今後《こんご》明《あき》らかにしていく予定《よてい》です。

あかりちゃんは、SOS《エスオーエス》の能力《のうりょく》のせいでいじめられたり、親友《しんゆう》を失《うしな》ったり……。小学生《しょうがくせい》のときはつらい思《おも》いをしていました。

けれど、中学生《ちゅうがくせい》になって小野寺《おのでら》くんや早乙女《さおとめ》くんと出会《であ》うことで、SOS《エスオーエス》の能力《のうりょく》を発揮《はっき》することができるようになります。

あかりちゃんは、過去《かこ》の出来事《できごと》からSOS《エスオーエス》の能力《のうりょく》のことを秘密《ひみつ》にしていましたが、誰《だれ》かに本音《ほんね》や自分《じぶん》のことを打《う》ち明《あ》けるのって勇気《ゆうき》がいりますよね。

受《う》け入《い》れてもらえないかもしれないし、傷《きず》つくこともあるかもしれない。

けれど、その不安《ふあん》を抱《かか》えながらも相手《あいて》に心《こころ》を開《ひら》くことで、あかりちゃんが小野寺《おのでら》くんや早《さ》乙女《おとめ》くんと友《とも》だちになれたように、自分自身《じぶんじしん》の世界《せかい》を広《ひろ》げられることもあると思《おも》います。

ところで、お話《はなし》の中《なか》で小野寺《おのでら》くんが将来《しょうらい》ヒーローになりたいと言《い》っていますが、みなさんのヒーローはどんなイメージですか？

私《わたし》の子《こ》どものころのヒーローは、ドラえもんに出《で》てくるのび太《た》くんでした。

いつもはなさけなかったり、おっちょこちょいだったりして目立《めだ》たないけれど、絶体絶命《ぜったいぜつめい》のピンチにおちいったときには、自分《じぶん》の持《も》てる力《ちから》を発揮《はっき》して困難《こんなん》にいどんでいく、そんな「完全無欠《かんぜんむけつ》ではないヒーロー」にあこがれていました。

ですから、この物語《ものがたり》に出《で》てくるあかりちゃんや小野寺《おのでら》くんも、そんなヒーローに影響《えいきょう》を受《う》けています。

あかりちゃんは、クラスの係《かかり》を決《き》めるときにも、あれこれ考《かんが》えているうちに乗《の》り遅《おく》れてしまったり、小野寺《おのでら》くんに気圧《けお》されてお助《たす》け係《がかり》を引《ひ》き受《う》けてしまったり、不器用《ぶきよう》で引《ひ》っ込《こ》み思案《じあん》な女《おんな》の子《こ》です。

小野寺《おのでら》くんも、いつもはクラスのお調子者《ちょうしもの》で、犯人《はんにん》を追《お》うときには周《まわ》りが見《み》えなくなってチームプレイを忘《わす》れてしまうなど、ツッコミどころの多《おお》い性格《せいかく》です。

けれど、今回《こんかい》のお話《はなし》では、お互《たが》いに協力《きょうりょく》して、それぞれが自分《じぶん》の力《ちから》を生《い》かすことで大事《だいじ》件《けん》を解決《かいけつ》しました。

あれ？　ひとり忘《わす》れていますね。

イケメンでやさしくて、成績優秀《せいせきゆうしゅう》で将来有望《しょうらいゆうぼう》、完璧《かんぺき》すぎる早乙女《さおとめ》くんは？

次《つぎ》のお話《はなし》ではそんな早乙女《さおとめ》くんのちがった一面《いちめん》が見《み》られるかもしれません。

2巻《かん》は2025年《ねん》の春《はる》に発売予定《はつばいよてい》！

SOS《エスオーエス》部《ぶ》が水族館《すいぞくかん》の動物《どうぶつ》をめぐって大活躍《だいかつやく》（大暴《おおあば》れ）します。

ぜひ、読《よ》んでくださいね。

それでは、またお会《あ》いしましょう！

二〇二四年《ねん》十月《がつ》

くるたつむぎ

＊著者紹介

くるたつむぎ

関西在住。関西大学社会学部卒業。『流れ星フレンズ』にて第6回青い鳥文庫小説賞一般部門で金賞を受賞し、作家デビュー。趣味は美術館めぐりと、旅行。好きな国はスペインとモンゴル。ハチワレ猫のくーちゃんに癒やされる日々を送っています。

＊画家紹介

朝日川日和《あさひかわひより》

香川県生まれ。ゲームのキャラクターデザインや、児童書のさし絵などで幅広く活躍中。さし絵の作品に「ナゾノベル　悪魔の思考ゲーム」シリーズ（朝日新聞出版）、『枕草子 平安女子のキラキラノート』『紫式部日記 平安女子のひみつダイアリー』（いずれも角川つばさ文庫）などがある。

この作品は書き下ろしです。

読者のみなさまからのお便りをお待ちしています。
下のあて先まで送ってくださいね。
いただいたお便りは、編集部から著者へおわたしいたします。
〒112-8001 東京都文京区音羽2-12-21 講談社 青い鳥文庫編集部

講談社 青い鳥文庫

SOS《エスオーエス》部《ぶ》！①
絶体絶命《ぜったいぜつめい》のシグナル

くるたつむぎ

2024年12月15日 第１刷発行

（定価はカバーに表示してあります。）

発行者 安永尚人
発行所 株式会社講談社
東京都文京区音羽2-12-21 郵便番号112-8001
電話 編集（03）5395-3536
販売（03）5395-3625
業務（03）5395-3615

N.D.C.913 188p 18cm

装 丁 primary inc.,
久住和代
印 刷 TOPPANクロレ株式会社
製 本 TOPPANクロレ株式会社
本文データ制作 講談社デジタル製作

ISBN978-4-06-537671-3

大人気シリーズ!!

『星《ほし》カフェ
シリーズ』

倉橋燿子《くらはしようこ》／作　たま／絵

・・・・・・・・ **ストーリー** ・・・・・・・・

ココは、明るく運動神経バツグンの双子の姉・ルルとくらべられてばかり。でも、ルルの友だちの男の子との出会いをきっかけに、毎日が少しずつ変わりはじめて。内気なココの、恋と友情を描く！

新しい
自分を
見つけたい！

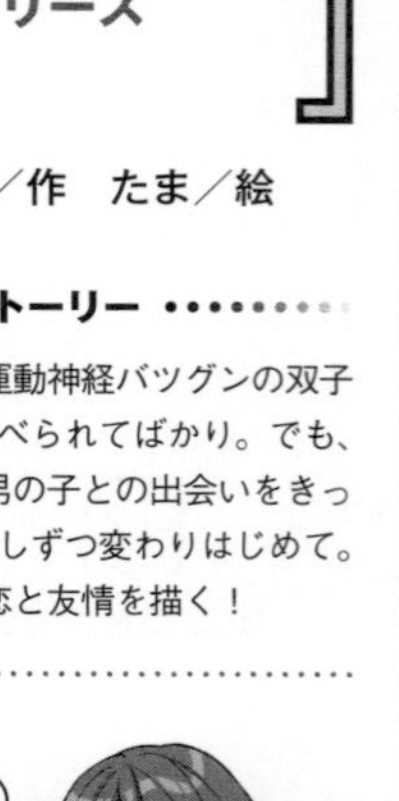

主人公
水庭湖々《みずにわここ》

『小説《しょうせつ》 ゆずの
どうぶつカルテ
シリーズ』

伊藤《いとう》みんご／原作・絵　辻《つじ》みゆき／文
日本《にっぽん》コロムビア／原案協力

・・・・・・・・ **ストーリー** ・・・・・・・・

小学５年生の森野柚は、お母さんが病気で入院したため、獣医をしている秋仁《あきひと》叔父さんと「青空町わんニャンどうぶつ病院」で暮らすことに。 柚の獣医見習いの日々を描く、感動ストーリー！

動物ニガテ
なんですけ
ど〜〜〜!!

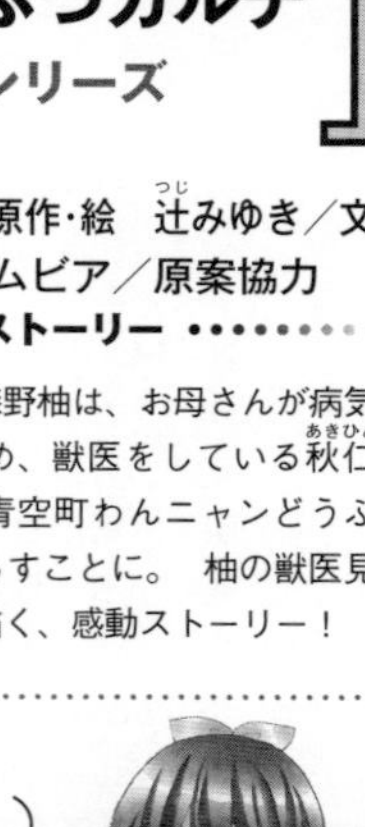

主人公
森野《もりの》 柚《ゆず》

青い鳥文庫

『ひなたとひかり シリーズ』

高杉六花《たかすぎりっか》／作　万冬《まふゆ》しま／絵

ストーリー

平凡女子中学生の日向は、人気アイドルで双子の姉の光莉《ひかり》をピンチから救うため、光莉と入れ替わることに!!　華やかな世界へと飛びこんだ日向は、やさしくほほ笑む王子様と出会った……けど!?

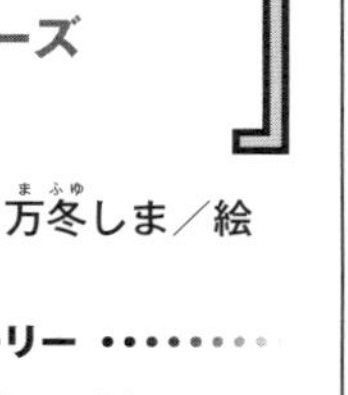

主人公

相沢日向《あいざわひなた》

『黒魔女《くろまじょ》さんが通《とお》る!! & 6年《ねん》1組《くみ》 黒魔女《くろまじょ》さんが通《とお》る!! シリーズ』

石崎洋司《いしざきひろし》／作

藤田《ふじた》 香《かおり》&亜沙美《あさみ》／絵

ストーリー

魔界から来たギュービッドのもとで黒魔女修行中のチョコ。「のんびりまったり」が大好きなのに、家ではギュービッドのしごき、学校では超・個性的なクラスメイトの相手、と苦労が絶えない毎日！

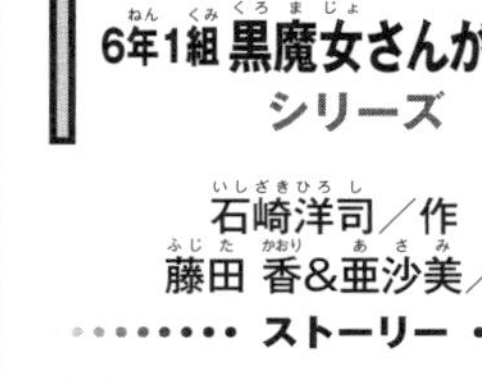

主人公

黒鳥千代子《くろとりちよこ》

（チョコ）

「講談社《こうだんしゃ》 青《あお》い鳥文庫《とりぶんこ》」刊行《かんこう》のことば

太陽《たいよう》と水《みず》と土《つち》のめぐみをうけて、葉《は》をしげらせ、花《はな》をさかせ、実《み》をむすんでいる森《もり》。小《こ》鳥《とり》や、けものや、こん虫《ちゅう》たちが、春《はる》・夏《なつ》・秋《あき》・冬《ふゆ》の生活《せいかつ》のリズムに合《あ》わせてくらしている森《もり》。森《もり》には、かぎりない自然《しぜん》の力《ちから》と、いのちのかがやきがあります。

本《ほん》の世界《せかい》も森《もり》と同《おな》じです。そこには、人間《にんげん》の理想《りそう》や知恵《ちえ》、夢《ゆめ》や楽《たの》しさがいっぱいつまっています。

本《ほん》の森《もり》をおとずれると、チルチルとミチルが「青《あお》い鳥《とり》」を追《お》い求《もと》めた旅《たび》で、さまざまな体験《たいけん》を得《え》たように、みなさんも思《おも》いがけないすばらしい世界《せかい》にめぐりあえて、心《こころ》をゆたかにするにちがいありません。

「講談社《こうだんしゃ》 青《あお》い鳥文庫《とりぶんこ》」は、七十年《ねん》の歴史《れきし》を持《も》つ講談社《こうだんしゃ》が、一人《ひとり》でも多《おお》くの人《ひと》のために、すぐれた作品《さくひん》をよりすぐり、安《やす》い定価《ていか》でおおくりする本《ほん》の森《もり》です。その一さつ一さつが、みなさんにとって、青《あお》い鳥《とり》であることをいのって出版《しゅっぱん》していきます。この森《もり》が美《うつく》しいみどりの葉《は》をしげらせ、あざやかな花《はな》を開《ひら》き、明日《あす》をになうみなさんの心《こころ》のふるさととして、大《おお》きく育《そだ》つよう、応援《おうえん》を願《ねが》っています。

昭和《しょうわ》五十五年《ねん》十一月《がつ》

講談社